LE P.^{DENT} HENAULT DE L'ACADEMIE FRANÇOISE

LE
GLANEUR
LITTERAIRE.
TOME PREMIER.

I. Cahier.

A TOURNAY,

Chez P. W A R L E', Imprimeur du Siége
Royal du Bailliage, près la Cathédrale.

1746.

AU LECTEUR,

EPITRE.

TOut Auteur qui prétend au Temple de
        Mémoire ,
Jaloux de l'art de plaire , en recherche la gloire:
Un Public éclairé , tel qu'on voit dans Paris ,
Veut qu'on sçache allier les graces & les ris......
Hé bien ! dira quelqu'un , pourquoi ce préam-
        bule ?
Penſez-vous , que pour vous on ait moins de
        ſcrupule ?
Pour amuſer Paris , avez-vous les talens ,
Et croyez-vous enfin percer la nuit des temps ?...
Eh , Monſieur , je vous prie , agréez que j'a-
        cheve !
Je n'ai pas le deſſein de former un éleve,
Et je ne prétends pas dicter ici des loix.
Au Lecteur j'adreſſois une timíde voix ,
Et frapé des talens qu'il faut avoir pour plaire ,
D'un projet ſi hardi j'aurois ſçu me diſtraire ,
Si le pouvoir d'un Dieu n'eût ſéduit ma raiſon.
Momus , des Calotins le célébre Patron ,

Tome I.   A 2

Cette nuit à mes yeux..... B. nous allons voir
     un fonge.

Ma foy ! Quelle eft l'erreur où le fommeil
     nous plonge !

Pauvre efprit ! qui prétend nous en donner ainfi !

Voyons pourtant ce fonge. Eft-il long ? le voici.

Le filence regnoit jufque fur les goutieres,

Lorfque, pour fommeiller, je fermois les paupie-
     res ;

Morphée alloit fur moi répandre fes pavots,

Et je goûtois déja les douceurs du repos,

Quand parut à mes yeux le Dieu de la Calotte,

Secouant les grelots de fa fiere marotte.

Quoi, donc ! s'écria-t-il, attends-tu que Mo-
     mus

Vienne te retracer tes antiques vertus !

Un indigne repos fera feul tes délices !

Eft-ce donc là le fruit de mes rares fervices ?

Moi, qui t'ai fait rimer, fans l'avis d'Apollon,

Qui t'ai montré d'un Vers la cadence , & le
     fon !

Toi feul dans mes Etats, Calotin inutile !.......

Grand Momus, ai-je dit, moderez votre bile ;

Ce courroux va s'éteindre, en daignant m'écou-
     ter..

Le refpeĉt du Public a pû feul m'arrêter.

Je fçais que, pour lui plaire, il faut plus que du
     zéle ..... ;

Vas, dit-il, le Public eft ainfi qu'une Belle ;

Par différens chemins on peut toucher son
        cœur.
Pour toi qui, foible encor, ne peux paroître
        Auteur,
Imite ce Berger, des rives du Méandre :
Il sçût par son adresse enfin se faire entendre :
      Sa Bergere avoit nom Philis ;
      Sur l'éclat d'un beau visage
      Où se jouoient les Graces & les Ris,
Un jugement solide avoit seul l'avantage.
Cependant ce Berger, quoique parfait Amant,
      Pour être aimé de sa Maitresse,
      Avoit besoin d'un certain agrément,
Que vous autres mortels appellez la richesse.
      Il avoit des Rivaux puissans,
      Qui tous les jours cherchoient à plaire,
Les uns par des cadeaux, d'autres par des pré-
        sens :
      A leurs attraits on ne résiste guere.
Il perd enfin l'espoir, & marchant à grands pas,
      Il descendit dans la prairie,
      Où le Méandre y trouvant mille appas,
      En serpentant, la rend fleurie.
      Il alloit se précipiter,
Quand l'Amour lui fournit un heureux strata-
        gême.
Que n'entreprend-t'on pas pour plaire à ce
        qu'on aime,
      Et pour plaire, il faut se flater ?

Il choisit les fleurs les plus belles ,

Qu'il pouvoit présenter à cet aimable objet.

Pour toucher les plus rebelles ,

Il ne faut souvent qu'un bouquet.

Il joignit dans le sien l'art avec la nature ,

Par un mêlange adroit , assortit les couleurs ,

En proscrivit les malignes odeurs ;

Bref , il étoit de favorable augure.

Il va droit au Hameau.

Ce jour même à Philis on donnoit une fête.

Chaque Berger fier de son chalumeau,

Croyoit en faire sa conquête.

Il s'avance en tremblant ; ils en rioient entre

eux ,

Et pour des gens remplis de confiance ,

Un si foible rival n'étoit pas dangereux.

Il aborde Philis , & reprend l'esperance.

Bergere , lui dit-il , recevez en ce jour ,

De mes respects le tendre hommage :

Du plus sincere amour ,

Je n'ai que ce seul gage ;

Le refuserez-vous ? . . . . . Non , dit-elle ,

Berger ,

Ce trait touche mon ame ,

Votre bouquet m'inspire plus de flâme ,

Que tout ce qu'on a fait pour pouvoir m'en-

gager.

Alors de ce bouquet admirant l'élégance ,

Elle en loua le bon goût , & l'odeur ;

Et devant ses Rivaux , sans trop de résistance ,
Au Berger amoureux elle accorda son cœur.
Pour un Amant adroit , il n'est point de tigresse:
Tu seras le Berger , le Public ta Maitresse.
A ces mots il me mit sa Marotte à la main ,
Me laissa son génie , & disparut soudain.
Inspiré par ce Dieu , j'ose tout entreprendre :
Lecteur , si tu t'ennuis , tu sais à qui t'en prendre.

AVERTISSEMENT.

ON ne cherchera point ici à surpren-
dre le Public par de magnifiques pro-
messes. Cette fausse monnoye est décriée depuis long-tems. Le succès de cet Essai de Re-
cueil en assurera la continuation, qui devien-
dra sûrement meilleure par les bons avis
qu'on espere mériter de la part des Amateurs
du genre de Littérature que l'Editeur admet.
Il aura grand soin de garder l'incognito,
& par ce moyen il évitera les importunes
sollicitations de quiconque a la fureur d'être
Auteur agréable ou solide, sans en avoir les
talens. Les bons Ecrits serviront à eux-mêmes de recommandation : celui qui en fera
le choix, les préférera toujours à ses foibles
productions, & s'il ose quelquefois suppléer
de son propre fonds à la disette, du moins
il se flate de ne jamais contribuer à l'inonda-
tion des mauvais Ouvrages.

On donnera le second Cahier du Gla-
neur dans un mois au plus tard.

DISCOURS

Sur la Poësie Pastorale, qui est à la tête des Eglogues de M. POPE.

Traduit de l'Anglais.

L n'y a rien de plus commun, ce me semble, que ces Poësies que l'on nomme *Poësies Pasto-rales*; & rien de si rare, que des Poësies à qui ce nom convienne véritable-ment. Il me paroît donc nécessaire de dire quelque chose sur la nature de cette espéce de Poëme ; & mon dessein est de renfermer dans ce petit Discours, toute la substance de cette multitude de Disser-tations que les Critiques ont fait sur ce sujet, sans que mon propre intérêt puisse me faire passer sous silence aucune de leurs regles. Je tâcherai de les concilier

A 5

dans quelques endroits fur lefquels ils
paroiffent d'avis différent ; & on trouvera quelques remarques qui leur avoient
échapé.

C'eft dans ces fiécles qui fuivirent de
près la création du Monde , que naquit
la *Poëfie* ; & comme le foin de garder les
Troupeaux , paroît avoir été le premier
emploi des Hommes , la Poëfie Paftorale
eft vraifemblablement la plus ancienne. Il
eft naturel de penfer que ces anciens Bergers , dans le loifir dont ils jouiffoient ,
avoient befoin d'amufement : Il n'y en
avoit point de plus propre à leur vie fo-
litaire que le *Chant* ; & fans doute , que
dans la plûpart de leurs Chanfons ils cé-
lébroient le bonheur de leur état. Ces
idées ont fait imaginer & enfuite perfec-
tionner une forte de Poëfie , dont le but
principal étoit de nous offrir une image
parfaite de ces tems heureux , de nous
faire admirer les vertus qui regnoient
alors , & de les introduire peu à peu parmi nous. Or , comme les Pafteurs avoient
choifi le genre de vie le plus tranquille ,
les Poëtes jugerent à propos de les faire
parler dans ces Poëfies qui furent pour
cela appellées *Paftorales.*

Une Paftorale eft une imitation de l'action d'un Berger , & cette imitation eft

fufceptible de la forme drammatique , &
de la narrative. La Fable en eft fimple :
la groffiereté feroit fans doute un défaut
dans fes mœurs : la politeffe du Courtifan
n'en feroit peut-être pas un moindre.
Elle ne fouffre rien de figuré ou de trop
recherché dans fes penfées ; elle y admet
de la vivacité & des fentimens , pourvû
qu'ils ne la rendent ni trop longue ni
trop languiffante. Son ftile eft naturel ,
mais pur ; poli, fans être fleuri ; aifé , &
cependant vif : en un mot, fa fable, fes
mœurs , fes penfées , & fon expreffion ,
doivent raffembler toute la fimplicité de
la belle Nature.

La briéveté, la fimplicité, & la délica-
teffe , conftituent tout le caractere de ce
Poëme. Les deux premieres le rendent naturel, & c'eft à la derniere qu'il doit toutes fes graces.

Si nous voulons copier exactement la
Nature , nous ne devons jamais oublier
que la Paftorale eft faite pour nous re-
préfenter ce tems que l'on nomme *Age
d'or* ; en forte que nous ne devons point
introduire des Bergers femblables à ceux
que nous voyons aujourd'hui ; mais tels
que nous pouvons nous imaginer qu'ils
étoient, lorfque l'idée noble étoit jointe
à ce nom, & que les plus diftingués d'en-

tre les hommes, ne dédaignoient point
de le porter. Pour que cette reſſemblance
ſoit plus parfaite, il faut que l'on remarque dans tout le Poëme un air de piété
envers les Dieux, tel que nous le voyons
éclater dans les Ouvrages de l'antiquité. Il
eſt bon auſſi de conſerver le ſoin de l'ancienne maniere d'écrire ; que les liaiſons
ne ſoient pas trop marquées ; que les
narrations, les deſcriptions ſoient courtes, & les périodes conciſes. Ce dernier
précepte regarde non-ſeulement les phra-
ſes, mais l'Eglogue elle-même qui ne doit
point être trop longue : car il ne nous
eſt pas permis de ſuppoſer, que les anciens Paſteurs fiſſent de la Poëſie leur
principale occupation ; ils n'y employoient
que les heures de délaſſement & de loiſir.

Voilà ce que les tems anciens nous four-
niſſent d'idées pour cette ſorte de compo-
ſition : & pour qu'elle devienne une peinture parfaite de la Nature, il eſt à propos
de faire paroître de tems en tems quelque
connoiſſance de l'Agriculture ; mais de
façon, que ce qu'on en dit ſemble plutôt
échapé par hazard, que rapporté à deſſein. Souvent même, il eſt mieux de ne
la laiſſer entrevoir que par induction ; de
peur qu'en voulant trop paroître naturel,
nous ne devenions ennuyeux par des mi-

nuties : car , comme l'a fort bien remar-
qué M. *de Fontenelle* , ce que ce genre de
Poëſie a de plus attrayant , n'eſt-pas la
peinture de la vie ruſtique en elle-même ,
mais l'image de ſa tranquilité. Pour rendre l'Eglogue agréable , nous devons donc
employer l'illuſion , & cette illuſion con-
ſiſte à ne montrer de la vie Paſtorale que
ce qu'elle a d'aimable , & à cacher ce
qu'elle peut avoir de dégoûtant. En effet ,
il ne ſuffit pas d'amener des Bergers ſur
la ſcene ; ſi l'on veut que leur entretien
nous intéreſſe & nous plaiſe , on doit
choiſir un ſujet qui ait en lui-même quelque agrément particulier , & le varier
dans chaque Eglogue , auſſi-bien que la
ſcene ou la perſpective que chacune nous
doit préſenter. Rien ne manquera plus à
cette variété, quand on ſçaura, par le ſecours des comparaiſons , orner l'Eglogue
des images champêtres les plus gracieuſes ,
s'adreſſer à propos aux choſes inanimées ,
faire de tems en tems des digreſſions amu-
ſantes mais courtes ; quelquefois s'arrêter
un peu ſur des circonſtances dont on pré-
voit que le détail pourra plaire ; & enfin , faire choix de tours élégans & de
mots propres à rendre les noms extrêmement doux & agréables. Quant à ſes nom-
bres, quoique leur meſure ſoit la même

que celle des Vers héroïques, ils doivent
être les plus polis, les plus aisés qu'on
puisse imaginer.

Ce sont-là les regles que nous devons
avoir présentes, lorsque nous examinons
une Pastorale. Les Critiques, en lisant
avec attention *Théocrite & Virgile*, qui
sont, sans contredit, les seuls qui nous
ayent donné de vrayes Eglogues, ont re-
marqué qu'ils suivent exactement ces regles; & ils ont cru ne pouvoir mieux faire, que de nous proposer pour modéles
dans ce genre, ceux qui y ont excellé.

Théocrite l'emporte sur tous les autres
par le naturel & la simplicité. Ses Idylles
sont réguliérement Pastorales du côté du
sujet; mais elles ne le sont pas toujours
par les Acteurs du dialogue, puisqu'il y
introduit des Moissonneurs & des Pê-
cheurs aussi-bien que des Bergers. Il est
sujet à être un peu trop long dans ses des-
criptions : celle du *Vase*, dans sa premiere
Idylle, en est un exemple remarquable.
Les mœurs sont aussi un peu défectueuses
dans les Poësies de cet Auteur : Ses inter-
locuteurs sont quelquefois brutaux & in-
solens, & peut être en général trop gros-
siers. On en peut voir des exemples dans
sa quatriéme & sa cinquiéme Idylle : mais
il doit suffire à sa gloire, que tous ceux qui

lui ont fuccedé, ne font devenus excel-
lens qu'en l'étudiant, & que fon feul dialecte a un charme fecret qu'aucun autre
Poëte n'a fçu donner à fa diction.

Virgile, qui copie Théocrite, renche-
rit fur fon original, & dans toutes les parties aufquelles la fageffe de la compofition
peut feule donner la perfection, il eft fort
fuperieur à fon Maître. Quelques-uns de
fes fujets n'ont rien qui convienne à la
Poëfie Paftorale, que la façon dont ils
font maniés; mais ils ont une merveil-
leufe variété, dont fans doute le Poëte
Grec ignoroit l'art. Virgile l'emporte fur
Théocrite par la régularité & la briéveté;
il ne lui cede que du côté de la fimplicité
& de la propriété du ftile. Mais Théocrite
trouva l'art moins perfectionné, & Virgile fut obligé de mettre en œuvre une
langue moins abondante.

Entre les Modernes, ceux-là ont eu le
plus grand fuccès, qui ont travaillé avec
le plus de foin à imiter ces grands Modéles; & nul d'eux ne montra tant de génie
pour ce genre d'écrire, que le *Taffe* & notre *Spencer*: car fi le Taffe furpaffa par fa
Jerufalem tous les Poëtes épiques de fa
Nation, fon *Aminthe* l'emporte infini-
ment fur toutes les autres Paftorales. Mais
comme cette Piéce femble avoir été en

Italie l'original d'une nouvelle efpéce de Poëme, appellée *Comédie Paftorale*, on ne peut gueres la confidérer comme une copie des Anciens. Quant aux *Calendars* de Spencer, fi l'on en croit M. *Dryden*, aucune Nation, depuis Virgile, n'a produit un Ouvrage auffi achevé. Il n'eft cependant pas exempt de défauts; fes Eglogues font un peu trop longues, fi nous les comparons avec celles des Anciens. Quelquefois il donne trop dans les allégories, & ofe traiter des matieres de Religion dans fes Poëfies Paftorales, comme le *Mantouan* avoit fait avant lui. Il a employé la mefure lyrique; ce qui n'eft point conforme à la pratique des anciens Poëtes : fa Stance n'a pas toujours la même longueur, & fouvent il n'a pas choifi celle qui auroit mieux convenu à la penfée qu'il y vouloit renfermer. Ce défaut eft peut-être caufe que fouvent fon expreffion n'eft pas affez concife : car voulant remplir fon Quatrain, il a quelquefois été obligé d'étendre en quatre Vers, une penfée qu'il eût beaucoup mieux fait de refferrer dans un Diftique.

Dans fes mœurs, dans fes penfées, & dans fes caractéres, il n'eft pas inférieur à Théocrite; mais quelque foin qu'il ait pris, il s'en faut bien qu'il ait atteint la

beauté de fa diction : car le Dialecte do-
rique dans lequel Théocrite compofa fes
Idylles, fleuriffoit de fon tems : on le
parloit dans une partie de la *Grece*, & les
plus grands perfonnages l'employoient ;
au lieu que l'ancien Anglais & les phra-
fes provinciales de *Spencer*, ou n'étoient
plus en ufage, ou ne l'étoient que parmi
le menu peuple. Or, comme il y a de la
différence entre la fimplicité & la ruftici-
té ; ainfi, l'expreffion des penfées fimples
doit à la vérité être fimple, mais elle ne
doit pas être groffiere. Le *Calendar* qu'il
a ajouté à fes Eglogues, eft rempli de
grandes beautés : la fimplicité & l'inno-
cence des premiers hommes y donnent
occafion à une morale, qui, à la vérité,
lui eft commune avec tous les autres Auteurs d'Eglogue ; mais ce dernier *Calendar* en contient une autre très-ingénieufe
qui lui eft particuliere. Il y compare les
changemens que l'homme éprouve pendant le cours de fa vie, aux différentes
faifons de l'année, & aux effets divers
qu'elles produifent fur la furface de la
terre. Cependant la divifion fcrupuleufe
de fes Eglogues en douze mois, l'a obligé
quelquefois ou à répéter les mêmes def-
criptions en d'autres termes, ou à les
omettre entierement, lorfque fes tours

étoient épuisés. De-là vient que quelques-
unes de ses Eglogues , comme la sixiéme ,
la huitiéme & la dixiéme , n'ont que le
titre qui les distingue. Il n'est pas difficile
d'en trouver la cause. La Nature n'est
point assez variée dans le cours d'une année , pour que chaque mois fournisse une
description nouvelle : il n'y a que les saisons dont la différence soit assez marquée.

Je ne dirai que peu de choses sur les
Eglogues suivantes. J'ai tâché de renfermer dans les quatre premieres , tous les
sujets que les Critiques avouent être convenables à la Poësie Pastorale. Les descrip-
tions des saisons y sont beaucoup plus di-
versifiées que celles de *Spencer* ; & pour
augmenter cette variété , j'ai eu soin de
désigner les heures du jour , de décrire les
occupations des Pasteurs dans chaque sai-
son & dans chaque heure de la journée ,
& de peindre les scenes champêtres , ou
les lieux propres à ces occupations. Enfin
j'ai eu égard aux différens âges de l'homme , & aux passions qui le possedent successivement.

Mais après tout , s'il y a quelque chose
de bon dans ces Eglogues , j'en suis redevable aux meilleurs Auteurs de l'Antiquité. Je les ai lus & relus soigneusement ,
& je me flatte de n'avoir rien négligé pour
parvenir à les imiter.

¶ SONETTO, del Zappi.

IN quell' Eta, ch' io mifurar folea
 Me col mio capro, e'l capro era maggiore,
 Io amava Clori, e infin' da quell' ore
 Maraviglia, e non Donna, à me parea.

❊❊❊

Un dì le diffi : io t'amo : e'l diffe il core,
 Poiche tanto la lingua non fapea ;
 Ed ella un bacio diemmi, e mi dicea :
 Pargoletto, ah non fai che cofa è amore !

❊❊❊

Ella d'altri s'accefe, altri di lei ;
 Io poi giunfi all' Eta, ch' vom' s'innamora ;
 L'Età, degl' infelici affanni miei !

❊❊❊

Clori or mi fprezza, io l'amo infin' d'allora :
 Non fi ricorda d'el mio amor coftei ;
 Io mi ricordo, di quel bacio ancora.

¶ TRADUCTION.

DANS cet âge innocent où je me mefurois
 Avec les moutons de mon Pere,
 Cloris m'étoit déja fi chere,
 Que j'aurois tout quitté pour fes divins attraits.

Un jour que nous étions affis fur la fougere ;

   Je lui dis que je l'adorôis.

   Ma bouche ignoroit ce langage ;

Mais mon cœur me l'aprit, mon cœur le prononça.

   Gloris en riant m'embraffa.

   Petit badin, tu n'es pas fage,

   Me dit cette Belle à fon tour :

Peux-tu connoître encor les effets de l'amour ?

Enfin me voilà grand, & ma premiere flâme

Trouble plus que jamais le repos de mon ame.

Cloris aime à mes yeux un rival fortuné ;

Elle ne fonge point au tourment qui me preffe,

   Et je me fouviens fans ceffe

   Du baifer qu'elle m'a donné !

¶ SUR LA REINE D'HONGRIE,
Qui avoit en 1742, *pour Ennemis fept têtes couronnées.*

EPIGRAMME LATINE.

Gallus Gallinis feptem vix fufficit unus :
Femina Rex feptem fufficit una viris.

HISTOIRE

DE DOM PEDRE D'AGUILARD,

Nouvelle traduite de l'Espagnol.

IL étoit près de minuit : le Ciel étoit
enveloppé dans les nuages les plus obf-
curs. Un vent furieux faifoit trembler
toutes les maifons de Madrit. Une pluye
violente, ou pour mieux dire, un déluge
d'eaux, fembloit vouloir égaler le ruiffeau
de Mazanarès, aux fleuves les plus fuper-
bes, lorfque *Dona Léonore*, que l'impé-
tuofité de l'orage, peut-être encore quelque chofe de plus tumultueux, empê-
choit de dormir, appella une fille qui la
fervoit. Laura, lui dit-elle, eft-il poffible
que tu dormes, tandis que la Nature femble s'ébranler dans fes fondemens ? Que
ta tranquilité eft digne d'envie ! Qui
pourroit la troubler, répondit cette fille
en s'éveillant ? Je ne connois ni l'amour
ni l'ambition. J'ai la plus aimable Maîtreffe du monde; elle a mille bontés pour

moi ; tous les jours elle m'en donne de nouvelles marques. Jugez , Madame.......

Laura avoit de l'esprit ; elle alloit entamer un long panegyrique de sa Maîtresse , lorsque Léonore l'interrompant tout à coup , & se levant brusquement : Que viens-je d'entendre , s'écria-t'elle ? Oui , c'est sa voix : infortunée Léonore ! Ne seras-tu jamais à la fin de tes malheurs ? Courons Laura , courons lui donner quelque secours. Alors , sans attendre sa réponse , elle se saisit d'un flambeau , s'affuble d'une longue mante , & ne fait qu'un saut jusqu'à une porte du jardin dont elle avoit la clef. Quelque gênées que soient les Espagnoles , les filles de qualité ont presque toutes un appartement separé. Les *Duegnes* n'y ont pas besoin d'opium pour dormir, & les Suivantes font aveuglement tout ce que leurs Maîtresses exigent d'elles. Laura suivit la sienne avec une précipitation qui ne lui permit pas de donner un grand ordre à son habillement.

Voilà nos deux Avanturieres dans la rue ; l'une dans une inquiétude mortelle , & l'autre dont rien ne pouvoit déranger la gayeté , riant comme une folle dans une conjoncture où toute autre qu'elle auroit tremblé. Léonore , une lanterne à

la main, qu'elle défendoit de toute son
induſtrie contre les inſultes du vent, s'a-
vance à grands pas vers l'endroit où elle
eutend du bruit, & les cris plaintifs d'un
homme pour qui ſon cœur paroiſſoit fort
s'allarmer. Plus elle approche, plus ſa
frayeur augmente. Le vent qui avoit dé-
raciné plus d'un arbre, & renverſé plus
d'une cheminée, irrité qu'une foible bougie lui réſiſtât ſi long-tems, redouble ſes
efforts & l'éteint. Léonore n'eut pas le
tems de s'en plaindre ; un homme ſe jetta
ſur elle, & l'impoli raviſſeur lui faiſant
ſentir plutôt que voir un poignard, lui
mit un mouchoir dans la bouche, & l'en-
traîna dans un caroſſe qui étoit à deux pas
de-là. Sa Suivante eut le même ſort : ſa
belle humeur en fut un peu déconcertée ;
mais le plaiſir de ſe retrouver auprès de
ſa chere Maîtreſſe, la conſola au point
que peu s'en fallut qu'elle ne badinât ſur
une avanture ſi déſagréable.

Deux chevaux pouſſés à toute bride
ſecondoient l'impatience des raviſſeurs.
Déja Madrit étoit bien loin derriere eux ;
& le jour qui commençoit à paroître,
leur faiſoit entrevoir la maiſon qui devoit
leur ſervir de retraite, lorſque les chevaux animés par un coup de fouet dé-
ployé mal-à-propos, prirent le mord aux

dents. Le Cocher perd la tramontane ;
tombe de fon fiége, & le caroffe verfant
en même-tems, l'infortunée Léonore ne
pût fe garentir d'être froiffée du coup, &
d'être bleffée à la tête. Nouveau malheur,
nouveaux regrets, nouveaux gémiffemens ! Mais que faire ? Il fallut s'armer
de patience, & confentir d'être recon-
duite à pied dans cette maifon dont on a
parlé : Léonore étoit fi troublée qu'elle
n'eut pas la force de refufer la main que
lui préfenta un des raviffeurs. Son ami fe
chargea de la Suivante.

Ces quatre perfonnes agitées de penfées différentes, & gardant un profond
filence, arriverent mouillées jufqu'aux
os, tranfies de froid, & accablées de laffi-
tude. On les reçut avec beaucoup de politeffe & de grandes marques de joye.
Léonore fut conduite dans une chambre
magnifiquement meublée. Deux ou trois
femmes s'emprefferent à lui donner du
linge, à lui chauffer un lit & à la mettre
dedans. L'Original Efpagnol, fur lequel
cette Hiftoire a été fidélement traduite,
dit en termes exprès, qu'on l'engagea,
après bien des façons, à prendre un excellent confommé qu'on lui avoit préparé.
Sa bleffure fe trouva légere ; un peu d'eau
de la Reine d'Hongrie en fut le remede
&

& la guérifon. Comme on jugea qu'elle avoit auffi befoin de repos, on lui laiffa tout le tems de dormir ; on eut les mêmes foins de Laura qu'on avoit eu de fa Maîtreffe.

Retournons à Madrit, & voyons ce qui s'y paffe. Dom Alvar, pere de Léonore, réveillé en furfaut par un fonge effrayant [le foible cerveau d'un Vieillard eft fufceptible de mille impreffions bizarres] s'agitoit avec violence dans fon lit. Les penfées ordinaires à un homme de cet âge, c'eft-à-dire, des réfléxions fur les plaifirs de fa jeuneffe ; la difficulté de conferver les bonnes graces de fon Maître qui étoit le Monarque le plus intraitable de l'Univers ; des enfans à établir ; le mugiffement du vent ; la pluye qui fembloit redoubler à tout moment, tout cela le berçoit d'une maniere fi défagréable, qu'il n'y avoit pas d'apparence qu'il pût fi-tôt fe rendormir.

Les cris du Cavalier qui avoient frappé Léonore, le frapperent auffi. Il fait lever fes gens, & leur ordonne d'aller voir ce que c'étoit. L'un d'eux vint lui dire qu'il y avoit fous fes fenêtres un homme étendu & baigné dans fon fang, qui paroiffoit n'avoir plus que quelques inftans à vivre, & qu'il étoit fort trompé fi ce

n'étoit pas *Dom Pedre d'Aguilard.* Dom
Pedre , s'écria le Vieillard tout hors de
lui-même ! Qu'on le transporte dans ma
chambre , & qu'on aille au plus vîte chercher du secours. On lui obéit : Quels regrets ne fit-il point sur le corps de ce malheureux Cavalier qui ne donnoit aucun
signe de vie ? Il en parut aussi vivement
touché, que si ç'eût été son propre fils. Le
Chirurgien visita ses blessures ; il en
avoit quatre très-profondes , & sur tout
une fort dangereuse. Le premier appareil
mis , il ordonna qu'on le laissât dormir ;
qu'on le fît parler le moins qu'il seroit
possible , & ajouta que le lendemain dé-
cideroit de sa vie ou de sa mort. D. Pedre
avoit tant perdu de sang , qu'il n'avoit
plus de connoissance ; il revint enfin à
lui , & ne sçachant où il étoit : Je vous-
prie , dit-il , à un de ceux qui le gar-
doient , de m'apprendre où je suis. Ne
vous inquiétez de rien , lui répondit le
Pere de Léonore ; vous êtes dans une
maison où l'on aura de vous autant de
soin que si vous en étiez le Maître. Repo-
sez-vous, & tâchez de dormir ; il ne
vous est pas permis de parler.

Un *Calprenede* , ou quelque autre Auteur Romanesque , ne manqueroit pas de
fournir à Dom Pedre les réfléxions les

plus triftes & les plus paffionnées ; mais
mais moi , fimple Hiftorien des chofes
comme elles fe font paffées, j'avoue de
bonne foi que dans l'état où il étoit , il
ne fe trouva occupé que de fon mal.

Le jour ne diffipa point les horreurs de
cette funefte nuit. La Gouvernante de
Léonore , les cheveux épars , le défefpoir dans les yeux , rempliffoit toute la
maifon de fes gémiffemens. Ma chere
fille , crioit-elle de toute fa force, qu'êtes-
vous devenue ? Ne vous verrai-je plus ?
Dom Alvar entendit ces cris, il monte à
la chambre de fa fille , & trouvant fes ha-
bits & ceux de fa fuivante : Le vent les a-
t'il emportées , dit-il ? Où fe font-elles
fauvées en chemifes ? Tout ce que je
comprens dans une avanture fi extraordinaire , c'eft que je fuis le plus malheureux
pere du monde , & que ma fille eft per-
due. L'heure de fe trouver au lever du
Roi approchant, il fallut faire tréve à fes
regrets , & renfermer fa douleur. Il fe
rend à l'Efcurial , & le premier objet qu'il
y trouve, c'eft Dom Ramire d'Aguilard ,
pere de Dom Pédre. Ils avoient été élevés
enfemble ; & l'émulation qui fe trouve
d'ordinaire entre les Courtifans, n'avoit
jamais alteré leur amitié. Ils ne fe fer-
voient de la faveur qu'ils avoient auprès

du Roi, que pour se soutenir l'un l'autre, & ne vouloient de bienfaits, que ceux qu'ils pouvoient partager. Chose rare, disons mieux, chose inouïe !

Dès qu'ils se virent, à peine purent-ils retenir leurs larmes. Dom Ramire trouva son ami si triste, qu'il s'imagina d'abord qu'il sçavoit son malheur. Mais que devint-il, quand il apprit que Léonore avoit été enlevée, & que leurs douleurs étoient communes ? Quoi, Dom Alvar, lui dit-il ! Votre fille a disparu, & mon fils est chez vous dangereusement blessé. Comment ce double malheur a-t'il pu arriver ? Quel remede y donner ? Tout Madrit va sçavoir cette avanture. Que nous sommes à plaindre ! Croyez-moi, hâtons-nous de prévenir les impressions qu'on pourroit donner au Roi. Implorons sa justice, & tâchons, vous de retrouver votre fille, & moi de sauver la vie à mon fils. Alors Dom Alvar conta à Dom Ramire ce qu'il sçavoit de ce fatal événement.

Pendant qu'ils s'entretenoient si douloureusement, le Roi s'éveilla ; ils entrerent dans sa chambre ; il s'apperçut de leur trouble, & comme il avoit beaucoup de bonté pour eux, il leur en demanda le sujet : Vous voyez, Sire, dit

Dom Alvar, deux peres infortunés, dont l'un a perdu fa fille cette nuit, & dont l'autre fe défefpere de la vie de fon fils ; mais ce qu'il y a de plus accablant, c'eft que nous ne connoiffons pas les Auteurs de notre mutuelle infortune. Je vous plains, répondit le Roi, mais je vous ferai juftice, & des affaffins & des raviffeurs. Ils en étoient là, lorfque *Dom Juan de Mendoça* entrant dans la chambre du Roi : Sire ; lui dit-il, ces Meffieurs implorent la juftice de V. M. & moi je viens implorer fa miféricorde. J'ai appris par un de mes domeftiques, que c'eft mon fils qui a bleffé Dom Pedre, & qui a enlevé Léonore : Je ne fçais point où il s'eft retiré. Comment, interrompit le Roi d'un air févere, c'eft votre fils qui a commis ces deux actions ! Si je n'avois égard à votre vieilleffe & à vos fervices, votre liberté me répondroit de la perfonne de votre fils. Allez, pourfuivit-il ; faites enforte de le découvrir, & ne paroiffez jamais devant moi, fi vous ne me le repréfentez dans deux jours.

Quelques précautions qu'euffent prifes les Parties intéreffées pour que cette affaire ne tranfpirât pas, elle devint bientôt publique. Chacun la contoit d'original, quoique perfonne n'en fçût la véri-

té. La réputation de Léonore fut peu mé-
nagée dans les difcours qu'on fit fur fon
enlevement. Les *Prudes* furtout, dont
l'Efpagne abonde du moins autant que la
France, la déchiroient catholiquement. Les
Laides juroient qu'il ne leur arriveroit
jamais la même chofe, & elles avoient
raifon. Les *Jolies* en fouffrirent par un re-
doublement d'exactitude que les parens
prirent pour les préferver de pareils accidens. Enfin, les *Railleurs* difoient tout
haut, qu'une fille qu'on enlevoit, en-
troit de moitié dans l'entreprife, & qu'on
ne la prenoit point d'affaut, comme une
Ville de guerre.

Cependant D. Pedre, à la levée du premier appareil, n'ayant point eu de fiévre,
ni aucune fuite fâcheufe, fes bleffures furent bientôt en fi bon état, que le Chirurgien répondit de fa vie ; mais il ajouta
qu'il faudroit plus de fix femaines au malade pour fe rétablir entiérement.

D'un autre côté Léonore, après quelques heures d'un fommeil involontaire,
s'éveilla ; elle tira les rideaux de fon lit,
& Laura qui ne l'avoit point abandonnée,
fe préfenta dans le moment à fa Maîtreffe.
Comme elle la vit plongée dans une douleur mortelle, & toute en pleurs : En vérité, Madame, lui dit-elle, vous avez

fujet de vous affliger ; mais je ne puis fouffrir que vous portiez votre affliction jufqu'à l'excès. Vos larmes ne vous remet-
tront point à Madrit. Vous n'êtes point
chez votre pere, je l'avoue ; mais vous
êtes dans une maifon où l'on a pour vous
toutes fortes de confidérations & d'égards.
Vous avez été enlevée. Eh bien , y a-t'il
en cela dequoi fe recrier fi fort ? Les
Mandanes, les *Clélies*, les *Cléopatres*, &
tant d'autres Princeffes l'ont bien été. La
réfléxion n'eft pas mon fort ; mais, à juger de vos avantures par celles de ces
Héroïnes, qui peut douter après cela que
la fin n'en fera pas auffi heureufe ? Un
enlevement fur le compte d'une fille , eft
un certificat de mérite, & il n'y a peut-
être point de jolie perfonne à Madrit ,
qui ne fouhaitât d'être à votre place. Allons, Madame, armez-vous de courage ;
ce n'eft point en vous défefperant que
vous vous retirerez d'ici , & l'état où je
vous vois , ne me laiffe pas la force d'en
imaginer les moyens.

Léonore eut beaucoup de peine à fe
rendre à ces raifons ; enfin elle prit affez
fur elle-même , pour recevoir la vifite de
la Maîtreffe du logis qu'elle n'avoit pas
encore vûë ; cette belle affligée la reçut
avec une grace qui l'enchanta. Si *Dona*

Maria fut charmée de Léonore, Léonore
ne le fut pas moins de Dona Maria. La
sympathie engagea ces deux aimables personnes jusqu'à la confidence. Dona Maria fut la premiere qui s'ouvrit à Léonore,
qui l'avoit priée de lui apprendre à qui
elle avoit obligation de toutes les honnê-
tetés qu'elle recevoit.

Mon Histoire, Madame, lui dit-elle,
n'a rien qui mérite votre curiosité ; tous
les événemens en sont simples, & ce n'est
que pour vous obéir que je la commence.
Mon pere s'appelloit *Dom Louis de Zuni-
ga*. Mécontent de l'Empereur *Charle-
Quint* qui lui avoit fait quelques injusti-
ces au retour de sa malheureuse expédi-
tion d'Alger, il se retira à la campagne,
résolu d'y passer le reste de sa vie dans le
repos. Ma mere mourut bientôt après. Je
n'étois encore qu'un enfant. Dom Louis
s'occupa tout entier à cultiver mon enfance ; elle donnoit alors quelques espé-
rances. J'eus des Maîtres ; j'appris un peu
de tout ce qu'une fille de qualité doit sçavoir. Des livres, mes exercices, quelques
promenades, m'occuperent jusqu'à l'âge
de 15 à 16 ans. Je vivois chez mon pere,
& je vis encore aujourd'hui dans une entiere ignorance de ce qui se passe à la
Cour. Nourrie, élevée à la Campagne,

la Campagne me tient lieu de tout.

Dom Juan d'Avalos fut difgracié dans ce tems-là par *Philippe II*. Il fe retira dans une maifon qui étoit voifine de celle de mon pere. Il avoit un fils à peu près de mon âge. Nos peres étoient amis dès long-tems. Leurs communes difgraces ferrerent les nœuds de leur amitié encore plus étroitement ; & pour la rendre éternelle, ils réfolurent d'unir leurs familles en me faifant époufer *Dom Francifque*, fils de Dom Juan. Je l'avois vu quelquefois. Je lui avois trouvé du mérite ; de mon côté je ne lui avois pas déplu. Nous apprîmes avec beaucoup de joye cette nouvelle, & ce mariage fe fit en peu de jours. Nous vécumes pendant 4 ou 5 ans dans le re-pos & dans la tranquilité. Nous nous ai-mions. L'ambition & la jaloufie ne trou-bloient point notre union. Nos peres moururent à peu de tems l'un de l'autre : mon mari craignant de trouver des obfta-cles à fon avancement dans l'efprit de Philippe, Prince qui ne fçavoit point pardonner, réfolut de refter à la Campa-gne : il étoit charmé que je ne témoignaffe pas la moindre envie de me produire dans le monde. Un jour je fus fort furprife qu'il me propofât de nous approcher de Madrit. Un de mes amis, me dit-il, a une

belle maison proche de cette Ville ; il ne
seroit pas fâché de l'échanger contre la
nôtre. Vous sçavez, lui répondis-je, que
je me suis toujours fait un devoir & un
plaisir de conformer mes volontés aux
vôtres ; mais souffrez que je vous repré-
sente que nous sommes accoutumés à
l'air & à la situation de notre maison :
qu'elle est, pour ainsi dire, le lieu de notre naissance, & que nous ne trouverons
peut-être pas les mêmes agrémens dans
celle de votre ami. Comme je vis que la
chose lui feroit plaisir, j'y consentis, &
je ne voulus pas même l'aller voir avant la
conclusion du marché. C'est la maison où
vous êtes à présent, Madame. Je ne sçais
pas par quel hazard mon mari lia une
grande familiarité avec Dom Bernard de
Mendoça ; mais il étoit ici tous les jours,
& Dom Francisque me dit hier qu'il l'a-
voit prié de recevoir ici une jeune personne dont il étoit passionnément amoureux, & à laquelle il avoit le bonheur de
ne pas déplaire : que ses parens ne voulant pas consentir à leur mariage, elle
avoit accepté la proposition qu'il lui avoit
faite de la soustraire à leur tirannie. Le
traître, interrompit Léonore ! Mon mari
ajouta que ne pouvant être ici, il me
prioit de faire les honneurs de la maison.

Je me fervis de toutes fortes de raifons
pour le détourner d'une chofe dont les
fuites pouvoient être fâcheufes ; il me répondit qu'il avoit donné fa parole, &
qu'il ne pouvoit fe rétracter.

Voilà, Madame, ce que vous avez
voulu fçavoir de moi ; fouffrez que je
vous prie à mon tour, de m'apprendre
qui vous êtes. Je vous demande pardon,
fi je ne vous ai pas rendu tout ce que je
vous devois, & tout ce que vous méritez.
J'efpere réparer ma faute lorfque je vous
connoîtrai plus particulierement. Vous
ne me devez rien, Madame, répondit
Léonore, & je crains que le récit d'une
vie plus traverfée & moins heureufe que
la vôtre, ne vous faffe repentir de toutes
les bontés que vous avez pour moi, &
que vous ne me regardiez comme une infortunée, dont les malheurs font conta-
gieux. La fituation où je me trouve, devroit me faire fouhaiter d'être inconnuë
à toute la terre : cependant, Madame, je
ne puis vous rien refufer.

Ma famille, dont je ne vous dirai que
deux mots, eft une des plus illuftres de
toutes les Efpagnes. Mes Ancêtres fe diftinguerent dans la guerre des Maures. Ce
fut à la valeur & à la prudence de mon

Bifayeul, que le Cardinal *Ximenés* confia le fecret & la conduite du Siége d'*Oran*. Mon Ayeul, fidéle créature de l'Empereur Charle-Quint, le fuivit dans toutes fes expéditions ; & mon pere qui commençoit à fe diftinguer, reçut mille marques de fa bienveillance. Vous avez fçu fans doute la générofité avec laquelle ce grand Prince abdiqua l'Empire, qu'il remit entre les mains de Ferdinand fon frere.

Philippe fon fils, & fon fuccefleur à la Couronne d'Efpagne, fe tourna du côté de la politique. Il y fit de fi grands progrès, que, fans fortir de fon cabinet, il remuoit toutes les Cours de l'Europe, & faifoit trembler le nouveau monde. Mon pere trouva auprès de lui les mêmes agrémens qu'il avoit eu auprès de l'Empereur, & fut un de ceux qu'il lui recommanda avec plus de bonté. Philippe fait profeffion d'un Stoïcifme fi outré, que rien ne le peut émouvoir. Lorfque l'on lui vint dire que *Dom Juan d'Autriche*, fon frere naturel, avoit gagné la fameufe bataille de *Lépante*, où l'armée des Turcs fut entierement défaite, il fe contenta de dire froidement : *Dom Juan a bien rifqué* ; & continua de lire la vie de fon pere qu'il tenoit entre fes mains.

Il fit à peu près la même chofe, lorfqu'il apprit la perte de la Flotte formidable qu'il avoit envoyée contre *Elizabeth*
Reine d'Angleterre. *Je l'avois envoyée,*
dit-il, *combattre des hommes, & non pas
les vents & les rochers.* Je vous dis toutes
ces particularités, Madame, pour vous
donner une idée du caractère du Roi. Au
refte, il eft d'une févérité inouie ; ne re-
venant jamais des impreffions fâcheufes
qu'il a prifes contre quelqu'un ; puniffant
les fautes des peres dans leurs enfans ;
n'ayant pas même pardonné à fon propre
fils, comme la fuite de mon difcours vous
le fera voir.

Dom Alvar de Medina Sidonia, dont
je tiens le jour, avoit époufé une héri-
tiere de la maifon de *Gufman.* Il eut de ce
mariage un fils qui fert actuellement contre les Rebelles de Flandre. On m'appelle
Léonore Philippine. J'eus l'honneur d'être
nommée par le Roi. Ma mere qui m'aimoit tendrement, prit une peine extraordinaire pour former ma jeuneffe. Tous
ceux qui me voyoient, pour lui faire
plaifir plutôt que par fincerité, ne cef-
foient de lui dire : *Qu'il n'y avoit gueres
dans toutes les Efpagnes, de jeunes perfonnes
qui promît plus que moi, du côté de l'efprit
& de la beauté.*

J'avouë que ces douceurs me flattoient,
& que je n'oubliois rien, fans cependant
donner dans la coquetterie, ou dans l'af-
fectation, pour les mériter. Je croyois &
je commençois à m'entendre dire par
quelques jeunes gens de la Cour, qu'ils
me trouvoient affez à leur gré ; mais je ne
les trouvois gueres au mien. Soit indifférence, foit que les confeils de ma mere
& fes leçons prévaluffent dans mon cœur,
tous les difcours tendres que m'adref-
foient mes Adorateurs, me faifoient peu
d'impreffion. Le tems vint où je payai
avec ufure ma réfiftance & ma fierté.

Philippe avoit fiancé *Madame Elizabeth
de France*, pour *Dom Carlos* fon fils ;
mais dès qu'elle fut arrivée en Efpagne,
il la trouva fi belle, qu'il ne fit point de
fcrupule de l'époufer lui-même. L'Infant
qui étoit devenu paffionnément amoureux de cette Reine fur un de fes portraits, fupporta impatiemment de la voir
fa belle-mere. Cette paffion & l'influence
de fon étoile le précipiterent dans une
abîme de malheurs. Le Roi fit l'honneur
de me demander à mon pere, pour être
une des filles de la Reine. Sa Mayor-Doma
Major étoit ma Tante : Elle me devoit fervir de mere au lieu de la mienne, que j'a-
vois eu le malheur de perdre depuis peu.

J'eus dans le Palais tous les agrémens que
je pouvois efpérer. La Reine, à qui mon
attachement pour fa perfonne, & mon
zéle pour fon fervice, faifoient plaifir,
avoit pour moi les manieres du monde les
plus gracieufes. J'étois prefque toujours
auprès d'elle. Mes compagnes en eurent
d'abord une jaloufie fi violente, qu'elles
ne pouvoient la diffimuler. Elles me donnoient en toutes occafions des marques
de leur aigreur & de leur chagrin ; mais
je fis fi bien que je les gagnai, & qu'elles
devinrent toutes de mes amies.

J'étois dans cette fituation, lorfqu'il fe
fit un combat de Taureau, dont les pré-
paratifs & le fpectacle furent les plus magnifiques qu'on eût encore vûs dans toute
l'Efpagne. La Reine devoit donner le prix
au vainqueur. C'étoit fon portrait enri-
chi de diamans. J'étois dans fon balcon,
& ce fut la premiere fois que je parus en
public depuis que j'étois à fon fervice.
Tous nos Cavaliers s'y diftinguerent à
l'envi ; mais la plûpart furent mis hors de
combat, & les autres fe rebuterent. Il
n'en refta que deux fur le champ de bataille, *Dom Bernard de Mendoça*, & *Dom
Pedre d'Aguilard*. Le premier attaquant le
Taureau avec plus de valeur que de prudence, ce furieux animal le renverfa d'un

coup de corne & l'alloit fouler aux pieds, lorfque Dom Pedre volant à fon fecours, empêcha fa mort par celle du Taureau.

Je ne connoiffois l'un & l'autre que par les acclamations du peuple qui répétoit leurs noms avec de grands applaudiffe-mens ; mais je vous avoue que l'intrépi-dité & l'adreffe avec laquelle Dom Pedre fe portoit contre ce terrible adverfaire, m'intéreffoient pour lui. Je fis des vœux pour fa victoire, & j'eus une fecrette joye de les voir exaucés. Il vint enfuite fe met-tre aux genoux de la Reine, qui lui dit avec cet air gracieux & engageant qui charmoit tout le monde : »Que fon por-»trait n'étoit qu'une foible marque de »l'eftime qu'elle faifoit de fa perfonne, »& que le plus brave & le plus adroit »Cavalier d'Efpagne, méritoit une toute »autre récompenfe. Il répondit en deux mots, & d'une maniere dont la Reine fut très contente. Pendant qu'elle lui par-loit, il jetta fur moi un regard dont je m'apperçus feule, & dont je devois feule ne me pas appercevoir pour le repos de ma vie. Depuis ce jour, je devins d'une rêverie & d'une mélancolie qui me ren-doient méconnoiffable. Mon humeur, mon embonpoint, tout en fouffrit. La Reine & mes compagnes s'en apperçûrent. Je m'en apperçus moi-même. Elles m'en faifoient la guerre. Je m'en voulois du mal ; mais tout ce qu'on me difoit, tout ce que je me difois à moi-même, rien ne pouvoit me rendre ma gayeté.

Cependant Dom Carlos aimoit toujours la Reine. Il ne pouvoit lui parler ; & quand il l'eût pu, je ne fçais s'il eût ofé le faire. Quelque emporté & quelque violent que fût ce malheureux Prince, la préfence d'Elizabeth le rendoit timide & tremblant. Un jour me trouvant feule : » Madame, me dit-il, fi le malheur d'un » Prince qui vous eftime, vous pouvoit » toucher, je vous prierois d'avoir pitié » de Dom Carlos. Ce difcours me furprit, & comme je ne répondois pas : » Ne crai- » gnez rien, Madame, pourfuivit-il ; ce » n'eft point à votre cœur que j'en veux. » Ma fincérité défobligeroit tout autre » que Dona Léonore ; mais je connois la » fageffe & la folidité de votre efprit. Je » fçais que vous ne penfez point comme » la plûpart de celles de votre fexe, qui » s'imaginent que tout leur doit des hom- » mages. Ainfi, Madame, je crois pou- » voir vous parler confidemment. Ce font » vos offices que je vous demande : Oui, » belle Léonore, je vous devrois la vie fi » vous vouliez dire à la Reine que l'in-

» fortuné Dom Carlos ..... Ah, Seigneur,
» interrompis-je ! A qui vous adreſſez-
» vous ? Je ne m'oublie pas juſqu'à vous
» donner des conſeils ; mais vous devriez
» étouffer une paſſion funeſte qui fait tout
» le trouble de votre vie, & qui ne peut
» devenir heureuſe. Vous connoiſſez l'hu-
» meur infléxible du Roi. Sçachez auſſi
» que la Reine a trop de vertu pour vous
» écouter. Que prétendez - vous faire ?
» La nature & la vertu condamnent vos
» ſentimens. Sacrifiez - les à la vertu
» & à la nature. Eſt-il poſſible que j'aye
» eu le malheur de vous déplaire juſ-
» qu'à vouloir cauſer ma perte par les cho-
» ſes terribles que vous me demandez. Je
» n'abuſerai point de votre ſecret. Plûr-à-
» Dieu que tous ceux qui le ſçavent, vous
» gardaſſent une auſſi inviolable fidélité !
» Mais permettez-moi de vous le dire : le
» Roi eſt ſoupçonneux, vous avez des en-
» nemis & des eſpions, & je n'oſe vous
» repréſenter tout ce que je crains pour
» vous. Eh, Madame, me répondit Dom
» Carlos ! Que pouvez-vous craindre ?
» Que pouvez-vous enviſager de plus af-
» freux pour moi, que de n'être jamais
» aimé de la Reine, que de ne pouvoir,
» que de n'oſer pas même lui apprendre
» que je l'adore ? Que mon pere me faſſe

» mourir , je donnerois mille vies pour un
» regard favorable de..... Finiffons, Sei-
» gneur , l'interrompis-je encore , on
» pourroit nous entendre ou nous voir ,
» & ce feroit pour vous & pour moi le
» comble des malheurs.

Dom Carlos ne me crut point. Philippe
apprit la funéfte paffion que fon fils nour-
riffoit dans fon cœur pour la Reine ; &
fous prétexte du naturel féroce de ce jeune Prince , & de la demande qu'il faifoit
de commander l'armée qui travailloit
à réduire les rebelles des Pays-Bas , il le
condamna à la mort , & ne lui laiffa pour
toute grace que le choix de fon fupplice.
Comme je fuis perfuadée que vous avez
fçu la fin tragique de ce Prince , & la
mort de la Reine qui arriva peu de tems
après , je pafferai légerement fur ces deux
événemens , pour en revenir à ce qui me
regarde.

Dom Bernard n'avoit pas été fi occupé
du défir de remporter le prix du combat
des Taureaux , qu'il n'eût fouvent jetté
les yeux fur le balcon de la Reine. Son
cœur étoit libre ; & malheureufement
pour lui & pour moi , je fus celle à qui il
réfolut de faire un facrifice de fa liberté.
Quelque impénétrable que foit le Palais
de nos Reines , il trouva le moyen d'y

ménager une Confidente. C'étoit une fille
qui me servoit ; & je fus toute étonnée
qu'un soir en me couchant, je trouvai un
papier sous le chevet de mon lit. Je ne
sçavois ce que ce pouvoit être ; j'avois
même envie de différer jusqu'au lendemain à m'en éclaircir ; mais je vous avouë
ici toutes mes foiblesses. M'étant ima-
ginée que c'étoit peut-être un billet de
Dom Pedre, cette pensée fit tant d'im-
pression sur moi, que je l'ouvris sur le
champ : quels furent mon dépit & ma colere, quand je trouvai ces paroles !

» Je vous vis, Madame, le jour du com-
» bat des Taureaux, & je vous trouvai la
» plus aimable personne du monde. L'éclat
» dont vous frappâtes mes yeux, passa jus-
» qu'à mon cœur. J'en fus ébloui ; & l'heu-
» reux Dom Pedre doit sa victoire à mon
» trouble & à mon désordre, autant qu'à
» sa valeur. Madame, je devois être vain-
» cu, & je rends graces à l'amour, puis-
» que je devois porter des chaînes, de m'a-
» voir fait porter les vôtres. Plus la passion
» que vous m'avez inspirée est forte, moins
» elle me permet de différer à vous la faire
» connoître. Jamais on n'aima plus éper-
» dument ; jamais aussi on n'aima une mor-
» telle plus adorable. Je pourrois vous par-

»ler des avantages de ma naiſſance, de la
» faveur & des richeſſes de ma famille ;
» mais je ne veux vous parler que de mon
» amour , & ne devoir votre cœur qu'à
» vous-même. Parlez, Madame, de vôtre
» réponſe dépend la vie ou la mort de
» Dom Bernard.

À peine me reſta-t'il aſſez de tranquilité pour finir cette lettre ; je trouvai tant
de hardieſſe dans l'amour de Dom Bernard , & dans la maniere dont il me le
déclaroit, que je conçus pour lui une haine que ſa derniere action a rendu éternelle. Une choſe augmentoit encore ma
mauvaiſe humeur. Quoi, dis-je, un homme qui m'eſt indifférent, riſque tout pour
m'apprendre qu'il m'aime ; & Dom Pedre, dont les yeux m'ont aſſuré que je lui
étois chere, & Dom Pedre qui me l'eſt
peut-être trop à moi-même, reſte dans
l'inaction ! Hélas , continuois-je , je me
ſuis trompée ! ſes yeux n'étoient point
les interprétes de ſon cœur ; il ne ſent rien
pour moi , & j'étois la dupe de mon penchant.
Ces réfléxions me mirent de ſi mauvaiſe humeur, que je voulois ſur le champ
mettre dehors cette fille que Dom Bernard avoit gagnée ; mais ſongeant que

cet éclat pourroit avoir des suites fâcheu-
ses, je me contentai de lui défendre,
sur peine d'être chassée, de se mêler jamais de pareilles choses. Elle se jetta à
mes pieds toute tremblante, & me parla
de la sorte. *J'ai tort, Madame ; mais je
n'ai succombé aux prieres que m'a faites Dom
Bernard de vous rendre sa lettre, que par
l'assurance qu'il m'a donné que je ne risquois
rien, & que vous ne le trouveriez pas mauvais. Il me parloit d'un ton si affirmatif que
je l'ai cru. Ce que je vous dis, Madame,
est si vrai*, continua-t'elle, *que Dom Pedre d'Aguilard a fait de plus fortes tentati-
ves auprès de moi, mais inutilement ; & j'ai
refusé des offres très-considérables.* Comment, lui dis-je, Dom Pedre a voulu
vous engager à me rendre une lettre de
sa part, vous ne l'avez pas fait, & vous
lui avez préféré Dom Bernard ? Ah, Madame, reprit cette fille, j'ai fait une double faute ; je la reparerai si vous voulez !... Je ne répondis rien, tant j'étois agi-
tée. Comme elle avoit beaucoup d'esprit,
elle interpréta mon silence, & deux jours
après je reçus une lettre de Dom Pedre.
Elle fit la chose si adroitement, qu'il ne
parut pas que j'y eusse la moindre part.
Autant celle de Dom Bernard étoit fiere,
autant celle de Dom Pedre étoit soumise.

Les penſées en étoient délicates, les ex-
preſſions vives & paſſionnées... Je m'arrête trop long-tems ſur des bagatelles.

La Reine étant morte, je fus obligée
de retourner dans la maiſon de mon pere.
Il y avoit à peine huit jours que Dom Alvar entrant dans ma chambre, me dit
que Dom Bernard étoit paſſionnément
amoureux de moi, & qu'il m'avoit fait demander. Cette alliance, continua mon
pere, m'a paru ſi avantageuſe, que j'ai
été ſur le point de donner ma parole. Je
n'ai pourtant pas voulu m'engager ſans
avoir votre conſentement ; je ne doute
point que vous ne penſiez comme moi
ſur cette affaire, & que vous n'y donniez
les mains de bonne grace. Je ne répondis
que par des larmes. Il en fut ſurpris &
affligé ; ne voulant pas me contraindre,
il me promit qu'il ne m'en parleroit jamais, & me dit qu'il alloit ſur le champ
remercier Dom Bernard de l'honneur qu'il
avoit voulu lui faire.

Mon pere avoit de l'expérience, il n'eut
pas de peine à démêler que le refus que
j'avois fait d'un des meilleurs partis de
toute l'Eſpagne, ne pouvoit venir que
d'un cœur prévenu d'une autre paſſion. Il
m'examina ; j'étois ſi circonſpecte, & ſi
bien ſervie, que quoique Dom Pedre

fût très-souvent au logis, [car son pere
& le mien étoient les meilleurs amis du
monde] il ne put jamais sçavoir que j'é-
tois en intelligence avec lui. J'avois reçu
plusieurs de ses Lettres. J'avois fait plus,
j'y avois répondu quelquefois. Je me
mettois à une jalousie à des heures peu
suspectes. J'avois le plaisir de le voir &
d'en être vuë. Je recevois souvent des sé-
rénades qu'il me donnoit, non pas sous
mes fenêtres, mais assez près pour que
j'en eusse le plaisir, sans courir le risque
qu'on découvrit que c'étoit à moi à qui
on les donnoit.

Le pere de Dom Pedre & le mien,
comme je viens de vous le dire, étoient
parfaitement amis ; mais comme ce premier n'étoit pas fort riche, & que Dom
Pedre attendoit une grande succession
d'une vieille Tante, il n'avoit pas jugé à
propos de se déclarer, qu'elle ne fût
morte.

Ma passion devenoit plus forte de jour
en jour, & la contrainte où je vivois, ne
servoit qu'à l'augmenter. Enfin j'en vins
jusqu'à donner permission à Dom Pedre
de se trouver un soir sous mes fenêtres,
& à lui promettre de m'y trouver. Que
ne puis-je vous répéter tout ce qu'il me
dit de tendre & de passionné ? Je n'ai jamais

mais paffé de plus agréables momens que
ceux que j'éprouvai dans cet entretien. Il
fallut le finir, mais ce ne fut qu'après
nous être donné mille affurances d'une fidélité inviolable.

Dom Bernard outré du refus que j'a-
vois fait de fon cœur & de fa main, n'ou-
blia rien pour en découvrir la caufe. L'a-
mour rend foupçonneux & pénétrant. Il
s'imagina que quelque Rival avoit eu le
bonheur de me plaire, & que c'étoit ce
qui me rendoit intraitable. Il mit des ef-
pions en campagne, & fut fi bien fervi,
qu'on lui rapporta qu'on avoit vu Dom
Pedre autour de la maifon de mon pere,
à près de minuit, feul avec un Valet. Il
n'en fallut pas davantage à Dom Bernard pour connoître d'où venoit fon malheur.

Il y avoit eu dès l'enfance entre ces deux
Cavaliers une émulation qui avoit dégé-
néré en jaloufie, & enfuite en aigreur.
Ils fe trouvoient toujours oppofés l'un à
l'autre. Dom Bernard ceffa de faire fa
cour à l'Infant, parce qu'il vit que Dom
Pedre s'attachoit à ce Prince. Le fervice
qu'il lui avoit rendu tout recemment, en
le délivrant de la fureur du Taureau, l'a-
voit mis au défefpoir ; & cette derniere
découverte le tranfporta d'une colere fi

violente, qu'il réfolut de fe battre contre lui dès le lendemain : Mais craignant de manquer fa vengeance, il fe contenta de continuer à le faire épier. J'avois perdu cette fille qui m'avoit, pour ainfi dire, embarquée avec Dom Pedre. J'avois été contrainte de me confier à celle qui eft actuellement à mon fervice. C'eft une forte d'efprit plaifant, pleine de faillies, dont la vivacité m'a réjoui plufieurs fois. C'étoit donc celle qui me rendoit les lettres de Dom Pedre, & qui lui faifoit tenir mes réponfes. Un efpion de Dom Bernard remarquant qu'un certain homme paffoit fouvent dans la ruë où je demeurois, le fuivit, fit femblant de le connoître, le fit boire ; & l'ayant enyvré le fouilla, & lui prit une Lettre que j'écrivois à Dom Pedre à peu près en ces termes.

Mon pere vient de me dire des chofes qu'il eft de la derniere conféquence que vous fçachiez. Dom Bernard eft revenu à la charge, & fon pere a fait au mien des propofitions fi avantageufes, qu'il en eft ébranlé. Venez à l'heure ordinaire, demain au foir. Nous prendrons des mefures pour nous mettre à couvert de l'orage qui nous menace ; & vous y recevrez de nouvelles affurances de la tendreſſe & de la fidélité de Léonore.

Dom Bernard , comme il me l'a
avoué lui-même , car c'eſt de lui que je
ſçais tout ceci , n'eût pas plutôt ma Lettre
entre les mains , qu'il ſongea à l'uſage
qu'il en pourroit faire. Il voulut d'abord
la porter à mon pere , & l'inſtruire de ma
conduite ; mais cette voye lui paroiſſant
trop lente pour ſa vengeance , & jugeant
qu'il n'en retireroit d'autre avantage que
celui de me faire de la peine , il referma
ma Lettre ſi adroitement , que quand
Dom Pedre ſe feroit douté de quelque
choſe , il ne s'en feroit pas apperçu. L'homme à qui on l'avoit volée , étoit encore
yvre au Cabaret ; on la remit dans ſa poche ; & ſon yvreſſe s'étant diſſipée , il la
porta ſans rien ſçavoir du tour qu'on lui
avoit joué. Il fit hier un tems ſi affreux ,
qu'en craignant la continuation , je man-
dai à Dom Pedre de ne venir que le lendemain , c'eſt-à-dire aujourd'hui. Je ne
ſçais ſi j'avois quelque preſſentiment des
malheurs qui devoient nous arriver ; mais
je le priois de ne point s'expoſer. Je lui
diſois *que j'aimois mieux différer le plaiſir*
de le voir , que de le mettre dans le moindre
danger , & je lui mandois tout cela de ma-
niere que je paroiſſois véritablement allar-

mée. Cette Lettre tomba entre les mains de Dom Bernard ; mais il eut recours à la force pour l'avoir. Il n'eut garde de s'en défaisir : il importoit aux mesures qu'il avoit prises, que Dom Pedre n'en eût aucune connoissance. Ainsi, malgré le mauvais tems, Dom Pedre vint seul au rendez-vous.

Son Rival ayant pris un de ses amis avec lui, sortit à pied, après avoir donné ordre à son Cocher & à ses Gens, de le venir trouver à une certaine heure dans un endroit qu'il leur marqua ; & s'étant mis en embuscade à quelques pas de mes fenêtres, il eut tout le tems de se morfondre. Il craignoit même déja que la pluye n'empêchât Dom Pedre de venir, lorsqu'il entendit du bruit. La nuit étoit si sombre, qu'il ne pouvoit distinguer ce que c'étoit ; mais Dom Pedre s'approcha si près, qu'il le toucha.... Qui va-là, dit-il, en se reculant. Sa voix le trahit.... Ce sont gens, lui répondit Dom Bernard, qui en veulent à ta vie, & qui vont te l'ôter, si tu ne renonces tout-à-l'heure à Léonore... A Léonore, répliqua Dom Pedre ! & c'est toi Dom Bernard qui oses m'en faire la proposition. Voyons qui de nous deux en est le plus digne ? Défends-toi.

A peine avoit-il achevé ces paroles ;
que l'ami de Dom Bernard fondant fur
lui à l'improvifte, le bleſſa d'un grand
coup d'épée. Ah, lâches, s'écria Dom
Pedre, vous m'attaquez donc avec avantage ! Dom Bernard profitant du défordre
où ce premier coup l'avoit mis, lui en
porta un fecond qui le mit tout-à-fait hors
de combat ; & ces enragés, non contens
de l'avoir renverſé, lui donnerent encore
chaçun un coup d'épée, & fe difpofoient
à prendre la fuite, lorſque j'entendis la
voix de Dom Pedre, & qu'allarmée pour
une tête fi chere, j'eus l'imprudence de
defcendre dans la ruë pour lui donner
quelque fecours.

Dom Bernard me reconnut à la lueur
d'une bougie que je tenois à la main ; &
malheureufement pour moi, fon caroſſe
qui l'alloit chercher, & qui devoit nécef-
fairement paſſer par cette ruë, arriva dans
ce moment-là. Profitant d'une occafion
qui lui parut fi favorable, il me fit entrer
dedans avec Laura, & me conduifit ici.
Dom Bernard m'a encore dit qu'il avoit
réſolu de m'enlever, & que fçachant que
je me promenois affez fouvent dans le
Jardin de mon pere pendant la nuit, il
avoit pris des mefures fi juftes, que fon
deffein n'étoit avancé que de quelques

jours. Il se jetta ensuite dans de grandes
excuses sur la violence de sa passion qui
l'avoit forcé, malgré lui, d'en venir à
cette extrêmité. Il finit par mille protesta-
tions de l'amour le plus tendre & le plus
respectueux, il y joignit des prieres de
lui pardonner un crime que ce même
amour avoit causé.... J'étois si troublée
& si accablée, que je le laissai parler tant
qu'il voulut, & que je n'eus pas la force
de lui dire un seul mot. Le carosse dans
lequel nous étions versa ; je le suivis à
pied dans cette maison, où je n'esperois
pas trouver une amie si généreuse.

Voilà, Madame, continua Léonore,
l'Histoire que vous m'avez demandée. Y
a-t'il au monde une situation plus violente & plus affreuse que celle où je me trouve ? Dom Pedre est peut-être mort : Il
est peut-être mort, & tu vis infortunée
Léonore ! Un torrent de larmes interrompit ses tendres regrets. Dona Maria, assis-
tée de Laura, fit tous ses efforts pour la
consoler, ou du moins pour adoucir sa
douleur. Il lui prit une fiévre si violente,
qu'on croyoit à tout moment qu'elle alloit expirer.

Dom Bernard & son ami étoient re-
tournés à Madrit, afin que leur présence

empêchât que le foupçon de l'affaffinat de Dom Pedre, & de l'enlevement de Léonore, ne tombât fur eux : Mais ayant appris que le Roi en étoit déja informé, qu'il avoit juré d'en tirer une punition exemplaire, & qu'on les cherchoit de tous côtés, ils fe cacherent, & attendirent la nuit pour retourner chez Dom Francifque, réfolus fi on venoit pour les y prendre, de fe faire tuer en fe défendant.

Laura ne prenant confeil que du zéle qu'elle avoit pour fa Maîtreffe, s'échappa. Comme on ne prenoit pas garde à elle, il lui fut aifé de fortir de cette maifon. Le mari de Dona Maria étoit allé pour quelques affaires à quelques lieuës de-là ; & fes affaires ne pouvant finir auffi-tôt qu'il l'avoit efperé, il renvoyoit fes chevaux chez lui. Laura eut l'adreffe d'en prendre un ; & cette courageufe fille montant deffus, elle difparut bientôt aux yeux de celui qui les conduifoit, & qui frappé de la hardieffe de cette action, n'avoit pas même fongé à courir après elle. Elle arrive à Madrit, defcend chez Dom Alvar, lui apprend où eft fa fille, & lui dit qu'il n'y a point de tems à perdre pour la délivrer : Que fi fa fanté ne permettoit pas qu'on la tranfportât fur le champ, du

moins qu'on la mettroit en sûreté , par
des gens dont on feroit garder la maison
de Dom Francisque. Par une lenteur ordinaire aux vieillards, Dom Alvar remit
la chose au lendemain ; il vouloit en donner avis au Roi , lui demander des Gardes,
& concerter avec le pere de Dom Pedre
ce qu'il falloit faire dans cette occasion.
Laura se désesperoit. *Il ne sera plus tems ,*
disoit - elle : *ma Maitresse sera peut-être*
morte demain. Elle eut beau se tourmen-
ter , Dom Alvar n'en fit qu'à sa tête , &
il eut tout lieu de s'en repentir.

Dom Bernard à son arrivée , apprit la
fuite de Laura. Cette nouvelle le mit dans
une colere & dans un chagrin inexprima-
bles... *N'en doutons point ,* dit-il, *à son*
ami , cette fille est allée à Madrit. On sçait
déja où est Léonore. On va venir m'enlever.
Que ferai-je ? Conseillez-moi. Je ne pourrai
survivre à sa perte. Elle me hait, je le sçais ;
mais je l'adore ; mais je ne sçaurois vivre
sans elle. Eh bien , lui répondit son ami ,
puisque nous courons risque d'être dé-
couverts ici , emmenons Léonore plus
loin. L'absence de Laura, loin de nous
nuire, empêchera qu'on apprenne où sera
sa Maîtresse.... Vous m'ouvrez les yeux ,
reprit Dom Bernard ; il n'y a point d'autre parti à prendre ; hâtons-nous. Une

chose cependant m'embaraffe , Léonore
ne pourra peut-être point fouffrir le cheval... Nous la defcendrons dans le Village , répliqua ce trop officieux & trop ex-
pédif ami ; en quelqu'endroit qu'elle foit ,
elle fera plus fûrement qu'ici. Sur le
champ on fit feller des chevaux ; & Léonore, malgré fon abattement , fe vit enlevée une feconde fois. Toute fa réfiftance , toutes fes prieres , toutes fes larmes
ne fervirent de rien. Dom Bernard fourd
à tout , hors à fa paffion , la prit dans fes
bras , & la conduifit par des chemins de
traverfe à Tolede , où il l'a remit entre
les mains d'une Tante qui l'aimoit tendrement , & qui fut charmée de lui donner cette marque de fon amitié. Elle lui
promit de la garder fi bien , que Jupiter
lui-même , dût-il fe changer encore une
fois en pluye d'or , en trouveroit l'entrée
impénétrable.

On aura de la peine à croire que Léonore ne fuccombât point à tant de fati-
gues & à tant de malheurs redoublés coup
fur coup. Cependant fon amour pour
Dom Pedre , & un refte d'efpérance la
foutinrent. Quelques jous après fon arrivée à Tolede , fa fanté fe rétablit ; fes in-
quiétudes & l'agitation de fon efprit s'af-
foiblirent ; fa pâleur fe diffipa ; fes yeux

reprirent leurs premiers charmes ; & la Tante de Dom Bernard eut tant de complaifance pour elle , qu'elle commença à fupporter fa prifon moins impatiemment.

Dom Bernard en repos du côté de fa Maitreffe , fongea à fa sûreté. Son ami n'ayant point voulu le quitter , le fuivit en Flandre. Le Prince Guillaume de Naffau les reçut à bras ouverts , & leur donna de l'emploi dans fon Armée.

Quelles pouvoient être fes vues dans une entreprife auffi imprudemment conçuë qu'executée ? Que pouvoit-il efpérer ? Sa Maitreffe à Tolede , lui hors d'Efpagne , portant les armes contre fon Roi ? mais un amour violent laiffe-t'il la liberté de faire des réfléxions ? Il n'y a point d'extravagance où cette paffion ne porte un cœur qui s'y eft abandonné.

Ce que Laura avoit prédit arriva. Le lendemain , la maifon de Dom Francifque fût inveftie ; il n'étoit plus tems. On chercha Léonore de tous côtés , mais inutilement. Dom Alvar en eut une douleur mortelle. On voulut intimider Dona Maria ; comme elle avoit beaucoup d'efprit , elle répondit à toutes les queftions qu'on lui fit d'une maniere fi fage, qu'elle fe difculpa entierement..... Un Cavalier dit-elle, que je ne connoiſſois point, vint me prier hier de recevoir ſa femme pour quelques heures dans ma maiſon. Mon mari n'y étoit pas, & je ne crus pas faire un crime de mettre à couvert une jeune Dame, dont on me dit que le caroſſe s'étoit briſé en venant à Madrit. J'avouë que j'eus quelques ſoupçons de la vérité, lorſque je vis avec quelle précipitation il enleva ſa femme, quoique la fatigue l'eût renduë malade ; mais je n'étois pas en état de m'oppoſer à ce Cavalier. Il m'a ſemblé qu'il avoit pris le chemin de Madrit, & c'eſt tout ce que je ſçais de cette avanture. Si je ſuis coupable, je me ſoumets à toutes les peines que ma faute aura méritée ; mais je vous prie, Seigneur, continua-t'elle, en s'adreſſant à Dom Alvar, de ne point impliquer mon mari dans un crime dont il n'a pas la moindre connoiſſance. Que répondre à ces raiſons ? Dom Alvar fut obligé de s'en contenter, & de revenir à Madrit, un peu plus ſûr qu'auparavant de la perte de ſa fille.

Dom Pedre ne ſçavoit rien de ce nouveau malheur. Sa ſanté ſe rétabliſſoit. Un jour Dom Alvar entrant dans ſa chambre.. J'ai ſujet de me plaindre de vous, Dom Pedre, lui dit-il, falloit-il me cacher les fentimens que vous avez pour ma fille ? Vous nous auriez épargné bien des chagrins à l'un & à l'autre. Votre pere eft mon meilleur ami ; je vous ai toujours regardé comme mon fils ; & fans la répugnance que vous paroifliez avoir pour toute forte d'engagement, je vous aurois offert ma fille de moi-même, loin de vous la refufer fi vous me l'eufliez demandée... Léonore, répondit Dom Pedre, eft la plus belle perfonne & le meilleur parti d'Efpagne. L'intérêt des familles ne s'accorde pas toujours avec les fentimens du cœur. Je ne fuis pas riche ; je craignois un refus, & j'attendois la mort d'une Tante dont la fucceffion me regarde, pour vous prier de confentir à une chofe de laquelle dépend tout le bonheur de ma vie... Ah, Dom Pedre, reprit Dom Alvar, que vous avez mauvaife opinion de votre mérite & de mon amitié ! Retrouvons Léonore, je vous la donne ; elle eft à vous. Heureux, puifqu'elle s'eft engagée fans mon aveu, que ce foit avec un Cavalier fi accompli !... Vous me donnez la vie, répliqua cet Amant tranfporté. Alors faifant un effort pour fe mettre à genoux. *Quelles actions de graces vous rendrai-je, dit-il, pour un fi grand bienfait ? Hélas,* répondit Dom Al-

var en foupirant , *je ne vous donne peut-*
être rien. Attendez à me remercier , que
vous jouiſſiez de votre bonheur ſans obſta-
cles.

Léonore étoit à Tolede : on avoit pour
elle tous les égards & toutes les atten-
tions poſſibles. On tâchoit inutilement ,
de diſſiper fon averfion pour Dom Bernard : Elle étoit dans une maifon magni-
fique. Le Jardin étoit vaſte , varié par
tous les agrémens qui en pouvoient rendre les promenades délicieufes ; mais il
étoit entouré de murs plus hauts & plus
épais que ceux d'une prifon. Il n'y avoit
pas moyen d'en fortir ; point de Fées pro-
tectrices ; point de clefs de porte de derriere ; nulle communication avec les gens
de dehors ; ç'auroit été une imprudence
de fe confier aux domeſtiques de la Tante
de Dom Bernard. Léonore ne pouvoit attendre fa délivrance que du tems & du
hazard. C'eſt dommage que la pauvre
Reclufe n'eût l'imagination auſſi vive que
Madame *Daunoy* , elle eût fait quelques
jolies Romances , comme *Finette* , *Cen-*
dron , ou *Serpentin verd* ; elle en eût re-
galé fa Geoliere , & cela l'eût amufée elle-
même , mais la fiction n'étoit pas fon talent. Elle s'occupoit à lire , à broder , à
fe promener , à cultiver des fleurs & à rê-

ver ; occupations qui n'empêchoient pas qu'elle ne s'ennuyât du matin jufqu'au foir. Ceux qui ont aimé n'auront pas de peine à le croire. Etre prifonniere, ne voir aucun jour à fortir de prifon, aimer paffionnément, fçavoir fon Amant dangereufement malade, craindre pour fes jours, ne recevoir point de fes nouvelles, entendre parler à toute heure d'un homme que l'on hait, que l'on abhorre, c'eft pour en mourir.

Dom Bernard lui écrivoit fouvent ; mais à toutes fes Lettres point de réponfe ; je ne voudrois pas même affurer qu'elle les lut. Enfin, outré d'un mépris fi perfévérant : *Je vois bien, Madame, lui manda-t'il un jour, que toute la paffion que j'ai pour vous, ne fert qu'à fortifier votre haine. Vous avez juré ma mort, mais c'eft affez fouffrir. Ma patience s'ufe. Songez qu'un amour méprifé fe change en fureur ; craignez-en les fuites ; elles ne feront peut-être pas funeftes à moi feul ; fi je ne puis vous fléchir, j'aurai du moins la trifte confolation de vous ôter à mon Rival. Je ferai plus. Malgré le péril qu'il y auroit pour moi de retourner en Efpagne, j'irai vous enlever une troifiéme fois, & je vous conduirai dans des lieux où l'impoffibilité de revoir jamais votre patrie, vaincra peut-être votre fierté*

& votre ingratitude. Oui, Madame, j'é-
couterai la voix de mon seul défespoir, &
vous partagerez toute votre vie mes mal-
heurs, puisque vous ne voulez pas partager
ma tendreffe.

Ce fut la Tante de Dom Bernard qui lut
cette Lettre à Léonore... Quel plaifir prenez-vous, Madame, lui dit-elle, à défef-
perer un homme qui vous adore ? Preve-
nez les malheurs que fon défefpoir & vos
mépris peuvent vous caufer à l'un & à
l'autre. Que faut-il faire pour vous adoucir ? Voulez-vous que je donne tout mon
bien à mon Neveu ? Vous ne trouverez
jamais perfonne qui vous aime plus paffionnément. Ne jugez point de fon cœur
par tout ce qu'il a fait jufqu'ici. Son
amour, & votre indifférence l'ont précipité, malgré lui, dans cet enchaînement
de crimes. Il a des amis. Votre maifon eft
puiffante : Si vous lui pardonnez, fi vous
répondez à fes vœux, il ne fera pas difficile d'appaifer le Roi & votre pere. Mais
quand cela ne réuffiroit pas, le Prince
Guillaume de Naffau vous feroit tant d'a-
vantages dans les Pays-Bas, que vous n'auriez pas lieu de regretter l'Efpagne.

Non, Madame, répondit Léonore, je
ne puis goûter vos raifons. Quand je ne

fentirois rien pour Dom Pedre, le pro-
cédé de Dom Bernard eft fi odieux, que
je ne pourrois pas même fouffrir fa vue.
Mandez-lui que bien loin qu'il doive fe
flatter que je réponde jamais à fa paffion,
je fuis réfoluë de me laiffer mourir de
faim, fi ma captivité dure encore long-
tems. Qu'il connoiffe, & connoiffez
vous-même mon cœur. Je le hais; & toutes vos bontés, toutes les offres obligean-
tes que vous me faites, ne font pas capa-
bles d'affoiblir la haine que j'ai pour lui :
qu'il compte qu'il n'a point de plus mortelle ennemie que moi. Voilà mes fentimens : Au refte, Madame, ils ne dimi-
nuent rien de ma reconnoiffance. Mais
ne pourriez-vous pas augmenter les obligations que je vous ai déja ? Voulez-vous
fervir opiniatrement Dom Bernard dans
un deffein qui ne lui réuffira jamais. Ren-
dez-moi la liberté : Renvoyez-moi à Madrit. Que ne vous devrois-je pas pour
cette derniere grace ? Je ferois la premiere à folliciter le pardon de votre Neveu,
& je lui pardonnerois de bon cœur toutes
les perfécutions qu'il m'a faites, fi je me
voyois en état de n'en pas craindre de
nouvelles. Léonore parloit aux rochers.
La Tante de Dom Bernard aimoit trop
fon Neveu, pour confentir qu'il perdît

l'efpérance de poſſéder un jour une ſi aimable perſonne.

La guerre étoit fort allumée en Flandre. Le nombre des Rebelles qui ſe faiſoient appeller les *Gueux*, groſſiſſoit tous
les jours. La France, dont il étoit de l'intérêt d'affoiblir la Monarchie d'Eſpagne,
leur avoit donné du ſecours. Tout ce
qu'il y avoit de braves Caſtillans alloit
ſervir contr'eux. Le Duc d'Albe avoit le
commandement de l'armée ; & la haine
qu'on avoit pour ſa perſonne & pour ſes
cruautés, ne ſervoit qu'à aigrir les eſprits.
Dom Pedre, dont la ſanté étoit entierement rétablie, fut un des premiers en
campagne.

Dans une occaſion où deux partis des
deux armées en vinrent aux mains, & où
ſe trouverent Dom Pedre & Dom Bernard, ces deux Rivaux n'eurent pas de
peine à ſe reconnoître. Ils ſe précipiterent
l'un ſur l'autre avec une fureur qui ne ſe
peut repréſenter.... *Ah, traître*, lui dit
Dom Pedre, *la nuit ne favoriſera point ici
ta lâcheté. Tu me payeras de ta vie tous les
outrages que tu m'a faits :* Et la tienne, lui
répondit Dom Bernard, me dédommage-
ra de toutes les rigueurs de Léonore. Le
déſeſpoir dont il étoit agité, balançoit le
courage de Dom Pedre. Enfin, après un

combat long & opiniâtre, où l'un & l'autre s'étoit fait plus d'une blessure ; Dom Bernard affoibli par la perte de son sang, & ne pouvant plus se soutenir, tombe entre les pieds de son cheval. Aussi-tôt Dom Pedre lui mettant l'épée sur la gorge : *Tu vois*, lui dit-il, *que ta vie est entre mes mains ; mais rends-moi Léonore, & je te la laisse.*

Dom Bernard, à un nom si cher, ouvrit à peine ses yeux déja obscurcis par les ombres de la mort.... Tu veux me faire un présent, répondit-il, dont je ne puis faire aucun usage. Je sens que je vais mourir, mais n'espere pas que j'aye la lâcheté de te ceder Léonore. J'emporte au tombeau la cruelle satisfaction de te la ravir même en mourant, & tu vivras aussi malheureux que j'ai vécu. La force m'abandonne, je meurs, & je meurs ton ennemi irréconciliable. Il n'en put dire davantage. Dom Pedre fut accablé de douleur de n'avoir pu tirer aucune connoissance de l'endroit où Léonore étoit enfermée. *Que je suis à plaindre*, disoit-il ! *mon Rival est mort, il est vrai ; je n'ai plus rien à craindre de sa part ; mais en suis-je plus avancé ? En ai-je moins perdu ma Maitresse ? Où la retrouverai-je ? Le Barbare ! Sa haine ne s'est point démentie. Que sçais-je, hélas ! s'il n'aura point donné d'ordres pour la faire empoisonner, en cas qu'il mourut sans pouvoir s'en faire aimer ? O Léonore, que je vous cause de malheurs ! O fortune, ne te lasseras-tu point de persécuter deux Amans si tendres & si infortunés !*

Il s'abimoit dans ces funestes pensées, lorsqu'on vint lui dire qu'un Cavalier qu'on avoit fait prisonnier de guerre, demandoit à lui parler.... Seigneur, lui dit-il, dès qu'il fut entré dans sa chambre ; je viens implorer votre protection. Je suis ce malheureux ami de Dom Bernard, qui pour servir son amour, ai attenté à votre vie, & enlevé deux fois Léonore. Ce n'a point été par un motif de haine. La seule amitié m'a jetté dans tous ces crimes. Obtenez ma grace, & pour un service si important, je m'offre à vous conduire où est Léonore.... Dom Pedre lui répondit : Dom Bernard est digne d'envie d'avoir eu un ami si fidéle. Voulez-vous vous attacher à moi, je ne vous mettrai point à des épreuves si périlleuses, & vous trouverez dans mon amitié peut-être autant d'agrémens que dans la sienne. Non-seulement je vous pardonne tous les maux que vous m'avez faits ; mais je vous promets de m'employer de tout mon pouvoir auprès du Duc d'Albe & du Roi, pour obtenir

votre grace. Le Cavalier pénétré de la
maniere généreuse avec laquelle Dom
Pedre en agiffoit avec lui , fe jetta à genoux & ne répondit que par fon filence.

La campagne étoit finie. Dom Pedre
follicita fon congé qu'il obtint. Le Duc
d'Albe, dont il étoit parent, y joignit,
non fans peine, la grace de fon nouvel
ami. Ils partirent tous les deux ; & Dom
Pedre fe faifant un plaifir de furprendre
Léonore, arriva à Tolede, fans l'avertir
de l'heureufe découverte qu'il venoit de
faire. La Tante de Dom Bernard ne fçavoit point encore la mort de fon Neveu.
Elle ne connoiffoit point Dom Pedre ; &
lorfqu'il lui dit qu'il lui en apportoit des
nouvelles , & qu'il avoit des Lettres pour
Léonore ; elle le reçut avec une joye &
un empreffement extraordinaire. Léonore
croyant que c'étoit le même homme qui
avoit contribué à fon enlevement , ne
voulut point fe laiffer voir. L'impatient
Dom Pedre étoit au défefpoir que fa rufe
eût fi mal réuffi : mais l'officieufe Tante
le conduifit dans fa chambre. Quelle fut
la furprife , quel fut le raviffement de
cette aimable perfonne de revoir fon
Amant ! Quel fut le plaifir de Dom Pedre
de fe retrouver auprès de fa Maitreffe , &
de lire dans fes yeux que l'abfence ni fes

malheurs n'avoient point changé fes tendres fentimens ! Ce font des raviffemens
inconnus à ceux qui ne fe font jamais trouvés en pareille occafion.

La Tante furprife des marques de joye
qu'ils fe donnoient, ne fçavoit qu'en penfer. Elle fut bientôt éclaircie de la mort
de Dom Bernard. Elle apprit avec une
rage dont elle manqua d'étouffer, qu'elle
avoit reçu chez elle le meurtrier & le rival de fon Neveu. Nos Amans profiterent
d'un long évanouiffement où elle tomba
pour fortir de fa maifon; & comme il
n'eût pas été de la bienféance qu'elle eût
fuivi Dom Pedre à Madrit, elle fe mit
dans un Couvent de Filles, jufqu'à ce que
fon pere la vint chercher. Elle n'y fit pas
un long féjour. Tout Madrit & le Roi lui-
même prirent part à fon heureufe délivrance.

LETTRE

DE M. DE VOLTAIRE

AU ROI DE PRUSSE.

A Paris ce premier Novembre 1744.

DU Héros de la Germanie,
Et du plus bel Esprit des Rois,
Je n'ai reçu depuis trois mois
Ni beaux Vers, ni Prose polie.
Ma Muse en est en léthargie ;
Je me réveille aux fiers accens
De l'Allemagne ranimée,
Aux fanfares de votre armée,
A vos tonnerres menaçans
Qui se mêlent aux cris perçans
Des cent voix de la Renommée.
Je vois, de Berlin à Paris,
Cette Déesse vagabonde
De FREDERIC & de LOUIS
Porter les noms au bout du monde ;
Ces noms que la gloire a tracés
Dans un Cartouche de lumiere,
Ces noms qui répondent assez
Du bonheur de l'Europe entiere,

S'ils font toujours entrelaffés.
Quels feront les heureux Poëtes,
Les Chantres bourfoufflés des Rois
Qui pourront élever leurs voix
Et parler de ce que vous faites ?
C'eft à vous feul de vous chanter ;
Vous qu'en vos mains j'ai vu porter
La Lyre & la lance d'Achille :
Vous qui rapide en votre ftile
Comme dans vos exploits divers ,
Faites de la Profe & des Vers
Comme vous prenez une Ville.
D'Horace heureux imitateur ,
Sa gayeté , fon efprit , fa grace
Ornent votre ftile enchanteur ;
Mais votre Mufe le furpaffe
Dans un point cher à notre cœur.
L'Empereur protegeoit Horace ,
Et vous protegez l'Empereur.
Fils de Mars & de Calliope ,
Et digne de ces deux grands noms ,
Faites le deftin de l'Europe ,
Et daignez faire des Chanfons ;
Et quand Thémis avec Bellone
Par votre main raffermira
Des Céfars le funefte Trône ;
Quand le Hongrois cultivera ,
A l'abri d'une paix profonde ,
Du Tolçai la vigne féconde ;

Quand par tout fon vin fe boira ;
Qu'en le buvant on chantera
Les pacificateurs du monde ,
Mon Prince à Berlin reviendra ;
Mon Prince à fon peuple qui l'aime
Liberalement donnera
Un nouvel & bel Opera
Qu'il aura compofé lui-même.
Chaque Auteur vous applaudira ;
Car tout envieux que nous fommes
Et du mérite & d'un grand nom ,
Un Poëte eft toujours fort bon
A la tête de cent mille hommes.
Mais , croyez-moi , d'un tel fecours
Vous n'avez pas befoin pour plaire ,
Fufliez-vous pauvre comme Homere ,
Comme lui vous vivrez toujours.
Pardon , fi ma plume légere ,
Que fouvent la vôtre enhardit,
Ecrit toujours au bel Efprit ,
Beaucoup plus qu'au Roi qu'on révére.
Le Nord à vos fanglans progrès
Vit des Rois le plus formidable ,
Moi qui vous approchois plus près,
Je ne vis que le plus aimable.

LETTRES

LETTRES

CURIEUSES.

A Angers , le premier Juillet.

PAssant par *Daon* , Bourg situé
entre Château-Gontier & Cré , sur
le chemin d'Angers , j'y ai vu une petite
fille âgée de dix ans, à qui la crise d'une
fiévre a fait sortir au bout de chaque doigt
des mains & des pieds , des excroissances
de la nature des os & des cornes : elles
ont dix à douze pouces de longueur ; celles des mains sont droites , mais celles des
pieds sont tant soit peu tortuës ; de sorte
que ses pieds ne ressemblent pas mal à
ceux de Daphné & des sœurs de Phaëton,
tels que les Peintres les représentent dans
le moment qu'ils deviennent racines d'ar-
bres : le dedans des mains de cette pauvre
enfant, est paré d'une matiere pierreuse
& écaillée. Sur le côté , elle a une autre
excroissance pierreuse & écaillée, de même
nature que celle de ses pieds & de ses
mains , & grosse comme le poing.

Tome I.   D

Il vous souvient sans doute , Monsieur ,
que le Journal des Sçavans de M. *Denis*
du premier Août 1672 , rapporte l'excroissance ou la corne qui étoit venuë sous
la jointure de la jambe d'un homme ,
pour y avoir négligé une playe pendant
trois ans , & qu'à cette occasion il rapporte , après *Schenkius* , qu'à Palerme une
fille poussa des cornes semblables à celles
d'un Veau. L'affaire dont il est ici question , est de la même nature , mais elle
va bien plus loin ; en voici l'Histoire.

Une fille née de parens assez pauvres à
Waterford , en Irlande , poussa des cornes
peu après sa naissance , semblables à celles des Beliers , non pas à la tête , mais
aux jointures des bras , des pieds , des
mains & des doigts , & dans les parties
les plus charnuës , comme les fesses , &
ce qui est de plus considérable , on les vit
sortir en grande quantité de ses tetons ,
lorsqu'elle eut neuf ans , qui est le tems
où notre société l'a vuë. Le corps de cet
enfant est aride & consumé , trop sec &
trop chaud ; la couleur des cornes est cendrée , mêlée de jaune ; la substance ferme , sans puanteur : on les a voulu ron-
ger ou arracher au commencement , mais
elles sont revenuës aussi - tôt beaucoup
plus grosses qu'auparavant. Cette Histoi-

re n'a point de rapport avec celle du Gentilhomme Italien, dont le même Journal fait mention ; qui fut incommodé d'une excroiffance d'ongles aux mains & aux pieds, comme des griffes ; car ce font de véritables cornes de Belier, par tous les endroits qu'on marque dans la figure.

On eft fort en peine de fçavoir la nature de la matiere qui produit & qui entretient ces cornes & ces excroiffances : les uns veulent que ce foit le fuc nerveux ; les autres, la férofité du fang ; mais malgré l'expérience que le Journal des Sçavans rapporte pour la derniere, je prendrai la liberté de vous faire voir d'autres penfées là-deffus, lefquelles, pour mieux établir, je prendrai la chofe d'un peu loin.

Je m'imagine donc, qu'à la conception de cette fille, il s'eft trouvé dans la matiere dont fon corps a été formé, plus de ces parties vifqueufes, & beaucoup moins d'aqueufes pour les dilayer qu'il n'en falloit. Or la ramification, tant pour la conformation des vaiffeaux que pour la fécrétion des humeurs, s'étant faite proportionnément à cela, le chyle qui s'eft fait enfuite a été plus vifqueux, à caufe de la conftitution des vaiffeaux, glandules, & pores faits par des parties d'une

femblable figure. Mais, comme il y a auffi
dans ce même chyle beaucoup de parties
volatiles & fpiritueufes, il n'y a point de
doute qu'elles ne fe foient conglobées
avec les autres ; car ces deux fortes de
parties ayant des rameaux fléxibles, &
les fpiritueufes pouvant pénétrer d'abord
les pores des vifqueufes, il faut qu'en fer-
mentant enfemble, elles s'uniffent exactement. Les molecules qu'elles ont for-
mées, ont pu s'avancer d'abord vers les
doigts des pieds & des mains, parce que
la matiere qui devoit faire les ongles,
leur avoit déja frayé le paffage ; & s'étant
jointes avec elles, elles ont formé des
cornes au lieu d'ongles, tant à caufe de
leur quantité, qu'à caufe de leur figure
& mouvement, qui ont dilaté les pores,
jufqu'à la proportion convenable. Après
cela, partout où elles ont trouvé des pores approchans, elles y ont fait une même production, & ces pores n'ont pu
leur manquer, parce qu'y ayant eu dès le
commencement, felon ma fuppofition,
beaucoup de parties vifqueufes, les chemins propres ont été tracés, & les tubes
convenables appropriés. Voilà, Monfieur,
à peu près mon opinion touchant cette
affaire-ci : Si je n'ai pas frappé au but, au
moins donnerai-je occafion à ceux qui

voyent plus clair là-dedans que moi, de
nous la développer plus diftinctement.

Je fuis, &c.

A L * * * le 10 Juillet.

MESSIEURS les Chanoines de
Saint * * ont fait réparer dans leur
Eglife une Chapelle, dédiée aux Ames
détenuës dans les flammes du Purgatoire;
le Sculpteur qui en a fait la repréſenta-
tion en bas relief, a placé directement
au milieu de ſes figures l'effigie du Pere
Prieur du Couvent des * * * tellement
reſſemblant, qu'il n'y a eu perſonne qui
s'y ſoit mépris. Le Pere s'y étant reconnu
lui-même, en a été porter ſes plaintes à
Meſſieurs les Chanoines, qui ont fait venir le Sculpteur, pour l'obliger à délivrer le Pere des flammes du Purgatoire;
mais s'en étant excuſé, ſous prétexte qu'il
ne pouvoit pas toucher à ſon Ouvrage
fans le gâter, le R. P. peu content de
cette défaite, crut qu'il y alloit de ſon
honneur de s'en plaindre à M. l'Archevêque. Le Sculpteur interrogé par Monſei-
gneur, ſi cette reſſemblance étoit un effet
du hazard ou de ſa volonté, répond que
le hazard n'y avoit aucune part. Sur cela
le R. P. demande juſtice à Sa Grandeur,

& prétend en avoir une réparation digne
de l'offenfe. M. l'Archevêque ne voulant point condamner l'Accufé, fans entendre fes raifons, lui ordonne de fe défendre ; ce qu'il fit en ces termes.

Monfeigneur, le Carême paffé, le Pere
* * prêchant à Saint * * * dit, que ceux
qui retiendroient le bien d'autrui, fe-
roient détenus dans les flammes du Purgatoire, jufqu'à ce qu'ils euffent payé
leurs dettes. Il y a, Monfeigneur, plus
de deux ans qu'il me doit 300 livres,
dont je ne puis rien tirer, c'eft ce qui
m'a déterminé à l'y mettre & à l'y laiffer,
à moins que Votre Grandeur n'en ordonne autrement. L'Archevêque trouvant la
réponfe du Sculpteur fondée fur l'équité, condamna le Moine, honteux & con-
fus, à refter en Purgatoire jufqu'à ce
qu'il eût acquitté entierement fon créan-
cier.

Je fuis, Monfieur, *Votre affectionné
ferviteur, le Chevalier* DE LORME.

¶ PORTRAIT DU P. DE NEUVILLE.

ENfant gâté de l'art, négligeant la Nature,
Foible dans le deffein, fort dans le coloris,
Des vices de fon tems la brillante peinture
Charma dans fes portraits, & féduifit Paris.
Sur le ton de Saint Paul loin de former fon ftile,
De prophanes couleurs il orna l'Evangile :
Il furprit, fans toucher, fon tranquile Auditeur :
Ses traits frappoient l'efprit fans atteindre le
   cœur.
De fes mots trop hardis le rapide affemblage
Couvrit habilement leur frivole étalage :
Très peu de Pénitens, beaucoup d'admirateurs
Lui faifoient un grand nom, s'il n'eût eu des Lec-
   teurs.
Il plaît, mais en détail, & plaire eft fa folie.
Son Pinceau, quoique vif, trace peu de grands
   traits.
S'il n'inftruit pas, au moins, voit-on dans fes
   traits
Combien le bel efprit differe du Génie.

¶ L'OEILLET.

FABLE DE M. L'ABBÉ

DE GRÉCOURT.

Un Œillet dans un parterre
Caufant avec d'autres fleurs,
Leur difoit : Tenez mes fœurs,
Si quelque jeune Bergere
Vient me cueillir un matin
Pour me mettre fur fon fein,
Je veux y prendre racine.
Eh bien, vous ferez choifi,
Petit Œillet cramofi,
Dit une Beauté divine
Qui l'entend parler ainfi,
Venez fur la moufline.
A ce propos radouci,
L'Œillet tranfporté s'exhale
En parfums délicieux :
A chaque inftant il exhale
Le triomphe de fes feux :
Mais enfin l'odeur s'épuife.
Vainement l'Œillet furpris
Attend de nouveaux efprits,

Il se pâme, il agonise.

✦❄✦

Doux ébats, tendres plaisirs,
Ah, que vos vives amorces
Ne portent-elles nos forces
Aussi loin que nos désirs !

¶ *LE PAPILLON.*
FABLE ALLEGORIQUE.
*Par M. F**.*

UN Papillon, dans les jardins de Flore,
Voltigeoit sur toutes les fleurs
Que les Zéphirs font éclore :
Il en avoit tâté de toutes les couleurs.
Son œil découvre au loin une Roze nouvelle :
Rempli d'un doux espoir, le petit infidéle
Y vole, & pour son malheur
Vient se reposer sur elle.
En passant, un Oiseleur
De sa glu par hazard avoit frotté la fleur.
Malgré tous ses efforts, & ses douleurs mortelles
Le pauvre Papillon y laissa ses deux aîles.
L'amour en pousse un cri qui monte jusqu'au Cieux,
Et va porter sa plainte au Souverain des Dieux.
Mon fils, dit Jupiter, calme toi : l'avanture
N'a rien d'affreux : je vais la réparer.
Au Papillon pour qui je te vois soupirer,
Je fais présent des aîles de Mercure.

D 5

¶ L'AUTEUR DE LA LOUISIADE,

à M. l'Abbé DES FONTAINES.

Quand Saint Antoine, au fond de son défert,
Offroit à Dieu son tribut de louange,
L'Efprit immonde, en fingerie expert,
Le lutinoit d'une maniere étrange.
Qu'en revint-il au noir & mauvais Ange ?
Rien qui de rire ait pu lui donner lieu :
Soufflets, nafarde, & cornes pour adieu.
Gentil Abbé, voici cas tout femblable :
Ici Loüis eft l'Image de Dieu,
Moi de l'Hermite, & toi celle du Diable.

¶ AUTRE.

Pour juger la littérature,
L'Impudence en original,
La faim, l'Envie, & l'Impofture,
Se font conftruit un tribunal.
De ce petit Trône infernal,
Où fiégent ces quatre vilaines,
Partent les Arrêts du Journal
De Monfieur l'Abbé Des Fontaines.

DISSERTATION,

Sur un Tombeau de PHILIPPE LE HARDY, & sur l'usage d'inhumer le cœur & les entrailles des Princes, séparément de leurs corps.

LE Tombeau de Philippe III, Roi de France, surnommé *le Hardy*, fils de S. Louis, qu'on voit dans l'Eglise Primatiale de Narbonne, est d'autant plus remarquable, que c'est un des plus anciens qu'on voye de nos Rois de la troisième Race ; ceux de ses Prédécesseurs qui sont à S. Denis, n'étant, selon le Pere *Félibien* *, que des Tombeaux élevés long-tems après leur mort.

Ce Prince est ici représenté en marbre blanc, & couché, tenant de la main droite un long Sceptre; de l'autre, ses gans : Il est revêtu de son habit Royal, mais avec un air de visage bien différent

* Histoire de S. Denis.

D 6

de celui qu'on lui donne ordinairement
dans les Portraits qu'on fait paſſer pour
Originaux : car au lieu qu'on le repréſen-
te avec un viſage chagrin , un nez aqui-
lain & de groſſes lévres ; ici , il a un viſage riant , doux & ouvert ; ce qui con-
vient beaucoup mieux au caractère & à
l'eſprit de ce Prince. On peut même re-
marquer dans ſon air, les ſignes que les
Phiſionomiſtes donnent aux perſonnes
hardies , qui ſont, le front large , les
yeux grands & à fleur de tête , auſſi-bien
que les ſourcils élevés & la bouche grande ; ce qui eſt, ſelon les Philoſophes, un
ſigne de hardieſſe. Or , cette remarque
n'eſt pas inutile , y ayant des modernes ,
qui ont voulu ôter à ce Roi le ſurnom de
Hardy ; prétendant qu'il ne lui avoit été
donné que par erreur , & pour avoir été
confondu mal-à-propos , avec Philippe le
Hardy , Duc de Bourgogne.

On doit encore obſerver que ce Roi y
a des cheveux aſſez longs , contre l'o-
pinion de quelques Auteurs * qui ſou-
tiennent que ce Roi n'en portoit point.

Derriere le chevet du Tombeau , il y a
une Inſcription latine en lettres Gothi-
ques , qui ſignifie , que c'eſt ici la ſépul-

* Hiſtoire des Perruques.

ture de Philippe, Roi de France d'heu-
reuse mémoire, fils du bienheureux Louis;
lequel mourut à Perpignan d'une fiévre
chaude, le troisiéme des Nones d'Octobre, l'an 1285.

Il y a plusieurs remarques à faire sur
cette Inscription. On y voit que la raison, pour laquelle on ne donnoit pas à
ce Roi dans les monumens publics, le surnom de *Hardy*, c'étoit parce que la réputation de S. Louis étoit si grande, que
d'être son fils, c'étoit le plus grand surnom & la distinction la mieux carac-
térisée. On y voit encore au vrai quelques circonstances de la mort de ce Prince, sur lesquelles les Auteurs ne sont pas
tout-à-fait d'accord. En effet, il y en a
qui disent qu'il mourut de chagrin à l'occasion du désordre arrivé dans son armée.
Une Chronique de Barcelonne * dit qu'il
mourut au Château du *Lampourdan*, l'an
1275. La Chronique de *Monfort*, dit que
ce Roi déceda au mois de Septembre, le
Dimanche avant la Fête de S. Michel. Un
autre dit le 23. de Septembre, à Lampourdan. *Belleforêt* dit que ce Roi mourut le
23 de Septembre, & que d'autres disoient
le 2 d'Octobre. *De Serres* & plusieurs au-

* Usages de Catalogne.

tres le mettent au 1 5 d'Octobre. Une Chronique de Rouen met le 3. *Papire Masson* dit le jour avant les Nones ; c'est-à-dire, le 6. Toutes ces différences font, qu'on ne sçait à quel Roi attribuer les Actes qui ont été faits en ce tems-là. Mais notre * Inscription décide toutes ces difficultés, en disant qu'il mourut à Perpignan même, d'une fiévre chaude, le troisiéme des Nones d'Octobre ; c'est-à-dire le 5 de ce mois, l'an 1285. On ne sçauroit douter que cette Inscription ne soit fidéle & originale, puisque le Tombeau fut élevé par Philippe le Bel son fils, bientôt après la mort de son Pere, pour qui il fit une fondation. D'ailleurs, notre ** Chronique de S. Paul de Narbonne, imprimée dans Catel, s'explique de la même maniere, en disant que ce Roi mourut le lendemain de S. François ; ce qui est le 5 d'Octobre.

Sur les quatre faces de ce Tombeau, on y a représenté le Convoi, où l'on voit des Chanoines qui portent leurs aumusses, les uns sur la tête & les autres sur le

* Dans l'Histoire du Différent entre Boniface VIII. & Philippe le Bel, il y a une Lettre de Philippe le Hardy en 1285. Hist. de Bearn. pag. 785.

** Comtes de Toulouse.

bras ; ce qui montre que ce fut environ
ce tems-là, qu'arriva ce changement de
mettre l'aumuſſe ſur le bras ; quoiqu'encore ſelon le Rit de Narbonne, il y a
pluſieurs occaſions où l'Officiant met
l'aumuſſe ſur la tête.

De l'autre côté, on voit des Princeſſes
qui portent auſſi des aumuſſes ſur la tête ;
& cela confirme ce qu'on trouve dans le
comte d'un Argentier du Roi, l'an 1330,
qui montre que les Dames portoient des
aumuſſes ſur la tête : * *vingt ſols pour four-
rer une aumuſſe de Madame Iſabel.*

On y voit enfin le Roi Philippe le Bel,
entre ſes deux Gardes de la Manche ; il
eſt en habit de deüil, ſans traîner : Sa
cornette eſt rabaiſſée ſur les épaules, au
lieu que les autres la portent ſur la tête ;
& l'on connoît par là, que les Rois aſſiſ-
toient alors aux funérailles de leurs pré-
déceſſeurs.

Mais on demande, d'où vient qu'il eſt
dit que c'eſt ici la ſépulture de ce Roi,
puiſqu'il eſt inhumé à S. Denis, & qu'on
n'a pas coutume d'élever de ſi grands
Tombeaux, lorſqu'il n'y a que le cœur
ou les entrailles des Princes. On peut répondre, qu'il y a ici plus que les entrail-

* Gloſſaire de *Du Cange.*

les : car ce Roi ayant été porté à Narbonne , on y célébra ses obséques avec
beaucoup de pompe ; on fit ensuite boüil-
lir son corps dans de l'eau & du vin , selon la coutume de ce tems-là , afin de séparer la chair d'avec les os : Ses entrailles & toutes les chairs furent inhumées
dans la Cathédrale * de Narbonne , &
ses os avec son cœur furent apportés à
Paris.

A l'égard de cet usage , d'inhumer par
honneur les entrailles & le cœur des Princes , séparément de leurs corps , on n'en
trouve aucun vestige dans l'Antiquité , ni
sacrée , ni prophane ; mais comme la nécessité de transporter les corps des personnes distinguées , obligeoit quelquefois
d'en séparer les entrailles ; ce qui n'étoit
d'abord qu'une nécessité , devint dans la
suite un honneur , & chacun s'empressa
d'avoir le cœur , comme la partie la plus
noble.

Le bienheureux *Robert d'Arbrissel* fut
le premier , l'an 1117 , dont le cœur par
un nouveau genre de sépulture , fut laissé
à ses cheres filles d'*Orsan* , & son corps
fut porté à celles de *Fontevraud.*

Quant aux Rois de France , cet usage

* Voyez *Mézeray.*

ne commença que par la Famille de S.
Louis. Son Pere Louis VIII. étant mort
l'an 1226. à *Montpenfier*, il fut porté à S.
Denis ; fon cœur & fes entrailles ayant
été inhumés à S. André en Auvergne. S.
Louis étant mort en Afrique, fon cœur
fut porté avec fon corps à S. Denis, felon
Guillaume de Nangis ; mais dans la vie de
ce S. Roi, faite par Geofroi de Beaulieu,
fon cœur fut porté à *Palerme* avec fes entrailles, & inhumé à *Montreal*.

Enfin, notre Philippe le Hardy fon fils,
étant mort, il fut le premier de nos Rois,
dont le cœur feul fut inhumé féparément,
& il y eut fur cela un grand différent. Un
Jacobin, Confeffeur du jeune Roi, lui
demanda le cœur du feu Roi fon Pere ; ce
qu'il lui accorda très-volontiers : Les Religieux de S. Denis prétendirent que le
feu Roi ayant voulu être inhumé chez
eux, on ne pouvoit pas inhumer fon cœur
ailleurs. On fit fur ce fujet une grande
conférence de Docteurs, où préfidoit le
Cardinal *Cholet* Légat Apoftolique. L'affaire y fut traitée comme une des plus fé-
rieufes de la Religion ; & il fut conclu *
que cela ne fe pouvoit pas, à moins que
d'en avoir une difpenfe du Pape. Ce-

* *Hift. univerf. Parif.*

pendant la volonté du Roi l'emporta ; & le cœur fut donné aux Jacobins, quoiqu'on n'en trouve aucun monument dans leur Eglife.

C'eft néanmoins ce Jugement du Roi, qui acheva d'établir l'ufage de divifer ainfi les corps des Princes. Dès-lors, comme dit *Gaguin*, les Jacobins & les Cordeliers, qui partageoient toute la faveur, s'attribuerent comme un droit fpécial, d'avoir quelque partie des corps de nos Rois, qu'on ne leur donnoit jamais fans quelque fondation. Enfin, cet ufage, qui n'étoit alors que pour les perfonnes les plus diftinguées, s'eft rendu plus commun de nos jours, même pour les Particuliers : quoiqu'aucun cérémonial Eccléfiaftique ne l'ait encore autorifé ; que plufieurs Royaumes de l'Europe ne l'ayent pas jufqu'ici reçu, & que l'Eglife ne reconnoiffe dans fes Oraifons & dans fes Rubriques, que la feule dépofition des Corps.

¶ L'ECREVISSE AGIOTEUSE.

FABLE.

UNe jeune Ecreviſſe, & ſans expérience,
Vit, d'un œil envieux, paroître en un f. ſtin
Quantité de ſes ſœurs, en pompeuſe apparence,
    Teintes d'un bel incarnadin.
    Elle courut dire à ſa mere :
J'admire de mes ſœurs la fortune proſpere !
    J'en ai vu cinquante en un plat,
    Si magnifiquement vétuës,
    Que je les croirois parvenuës
    Aux honneurs du Cardinalat ;
Tandis que, barbottant dans la boue & l'ordure,
    Nous ſommes couvertes de bure.
Que je ſouhaiterois un ſort ſi fortuné,
Et d'avoir un habit ſi bien enluminé !
    La vieille & prudente Ecreviſſe
A ſa fille répond : Vous êtes bien novice :
Telle qu'on voit briller, avec tant de ſplendeur,
Voudroit bien retenir ſa premiere couleur ;
    Et quoiqu'il ſemble qu'elle éclate
    Sous une robe d'écarlate,
    Bien funeſte eſt l'habillement,
    Qui ne doit point faire d'envie :
    Il eſt vendu bien cherement,
    Puiſqu'elle en a perdu la vie.

§ *PIECE composée à l'occasion d'une distribution de quelques Gratifications qui furent faites aux beaux Esprits, du tems de M.* COLBERT *Ministre d'Etat, dont quelques-uns ne furent point contens.*

L E bruit s'épandit en tous lieux
    Qu'aux Oiseaux, qui chantoient le mieux,
On ordonnoit du grain pour toute leur Année.
    J'en aurai, dit le Rossignol,
    Si la chose est bien ordonnée;
    Tout aussi-tôt il prit son vol
    Pour s'en aller à la Donnée.
Il vit là des Oiseaux de toutes les façons ;
    Force Sereins, force Pinçons,
    Force Merles, force Alloüettes :
Des Linottes fort peu, moins encor de fauvettes;
Quoiqu'on estime assez leurs petites Chansons.
    Bien content de son Avanture,
    Le Rossignol auroit gagé
    Qu'il seroit le mieux partagé ;
    Mais il eut perdu la gageure.
    Exclus, déchu de tous ses Droits ;
    Il se retira dans les Bois,
    Ses plus agréables réfuges,
    Où depuis il a dit cent fois :
    O Nature, ôte-moi la voix,
    Ou donne-moi de meilleurs Juges !

¶ *LETTRE à l'Auteur des Jugemens*
sur quelques Ouvrages nouveaux ; con-
forme à l'Original qui lui a été envoyé ,
& non point telle qu'il l'a mutilée dans son
Tome IX. p. 290.

A Paris, ce 24. *Septembre* 1745.

PERMETTEZ, Monsieur , à l'Auteur
de la *Lettre* * *familiere & raisonnée ,*
sur les principaux Ecrits qui ont paru au
sujet de la Bataille de Fontenoy , de ne vous
découvrir que sa reconnoissance. Vous se-
riez charmé de le connoître , dites-vous ;
le Compliment est attrayant : mais pardonnez , j'ai la vanité & la prudence de
n'oser être connu. Un Ouvrage de l'espéce du mien n'est pas fait pour être adopté
autentiquement ; je suis ravi qu'il ait pû
vous plaire , puisqu'il existe : mais je
doute un peu s'il devoit exister. Tout le
monde sçauroit-il , comme vous , développer une idée qui souvent n'est qu'in-
diquée ; rapprocher certains traits géné-
raux , les sentir , & les étendre ? & d'ailleurs , en supposant votre goût à certains

* Cette Lettre imprimée de forme in-8° , se
trouve à Paris chez *Barois* , Quai des Augus-
tins.

Lecteurs, voudroient-ils imiter votre procedé ? Vous avez fçu entendre raillerie fur le petit trait qui vous regardoit. Vous allez jufqu'à faire des avances à quelqu'un qui dans cette occafion avoit ofé ufurper un peu , & peut-être gâter votre emploi. C'eft une maniere d'agir qui pourroit bien vous être perfonnelle ; elle eft du moins auffi rare que polie. Je me rappelle l'Epigramme de votre ami *Rouffeau*.

Avec les Gens de la Cour de Minerve
Defirez-vous entretenir la paix ?
Louez les Bons , pourtant avec réferve ;
Mais gardez-vous d'offenfer les mauvais.
On ne doit point , pour femblables méfaits ,
En Purgatoire , aller chercher Quittance ;
Car il eft fûr qu'on n'en mourut jamais ,
Sans en avoir fait ample Pénitence.

Vous fçauriez bien qu'en dire ; mais il vous fied d'être magnanime , & d'abréger ici-bas le tems de votre Purgatoire : pour moi j'aime à me réferver le mien : je me flatte pourtant d'avoir été puni à peu près autant que je le méritois. Le Public, graces au Ciel, fatigué & excedé des *Ecrits principaux* fur la Victoire de Fontenoy, a eu peur de les retrouver encore dans ma Lettre : il ne m'a abfolument point lu.

Ainſi Meſſieurs les Auteurs auront tout
pardonné apparemment à un Critique
obſcur & oublié.

Peut-il importer en effet à la Société
des rimeurs en *aille*, que j'aye réduit tout
leur mérite au jeu des rimes ? A l'éternel
Curé de Fontenoy, foible original de mille
ridicules copies, que je lui aye reproché
ſon badinage déplacé, la répétition de
ſes calculs, ſon habit de Tabarin, & ſon
langage des Halles ? A M. *Guerin*, d'avoir
occaſionné quelques réfléxions ſur la différence de l'Eſprit & du Génie ? A l'Auteur du Poëme intitulé, *Les Anglais vain-
cus par les Français*, de ne m'avoir fait
approuver que ſon début ? Au Phlegmati-
que Auteur de celui qui a pour titre : *Le
Roi victorieux à Fontenoy & à Tournay*,
d'être traduit en maigre Hiſtorien ? Au
Pieux M. *Roi*, qu'un de ces Inſectes bour-
donnans & piquans, ſur leſquels il vous
prie de faire main-baſſe, ait oſé lui refu-
ſer l'honneur de diſcourir, pour ne lui accorder que celui de complimenter ? Au
Rheteur Guerrier (M. Dromgold) comme
vous l'appellez vous-même, qui a attaqué
M. de Voltaire par tant de belles cita-
tions, de voir transformer la ſolidité de
ſes raiſonnemens en Apologie, & en preu-
ves que M. de Voltaire n'avoit fait dans

son Poëme pris en total, que ce qu'il devoit faire ? & ainsi du reste.

Je ne suis rien pour eux, & fort peu de
chose pour moi-même ; mais j'aurai cependant été beaucoup plus heureux que
je ne l'esperois, puisque tranquile à leur
sujet, je pourrai en secret m'aplaudir du
compliment flatteur dont vous m'honorez,
& le mesurer, avec une vanité satisfaite, à
l'estime que je fais de votre suffrage.

Je suis, &c.

¶ QUATRAIN,

*Qu'on voyoit autrefois dans l'Eglise des
Jacobins de Reims.*

Femme qui désirez de devenir enceinte ,
Adressez-ci vos vœux au grand Saint Hyacinthe
Et tout ce que pour vous le Saint ne pourra faire,
Les Moines de céans pourront y satisfaire.

LE
GLANEUR
LITTERAIRE.

II. Cahier.

EPITRE DE M. MICHEL,
A M. DE ***.

POUR LE DETOURNER DE LA SATIRE.

VIf Ennemi de tout Rimeur glacé ,
Par qui j'ai vu de leur froide manie
Plus d'un tableau fidellement tracé ;
Gentil Ami, de qui l'heureux génie
Peut efpérer d'être un jour remplacé ,
Sur le Parnaffe , aux fonctions utiles
De feu Boileau ; quand cet Auteur prifé
Pour la Raifon , d'un chaud zele embrafé ,

Tome I.   E

Vilipendoit tous ces Ecrits fertiles ,
Où le bon fens fe voit martyrifé.
Je vous écris, non que j'aye à vous rendre
Vos Complimens , & cet amas fucré
De doux propos dont m'avez foupoudré.
A tel retour , jà ne devez prétendre ;
Puifqu'entre nous régne fincérité ,
Comme fçavez ; & s'il vous plaît, Beaufire ,
Vous fuffira ce qu'elle m'a fait dire
Ez petits Vers par où j'ai débuté :
Qu'ainfi ne foit : Naïve vérité
Toujours me plut , & fidéle à fon culte ,
Son Oracle eft le feul que je confulte ,
Quand de rimer par fois je fuis tenté.
Non moins que moi d'elle feule enchanté ,
Vous dédaignez la foupleffe frivole
Des vains Flatteurs ; & pour être écouté ,
Il ne faut pas qu'un Ami vous cajole :
Si qu'avec vous , on peut impunément
Rifquer cenfure , & libre fentiment :
Tout au rebours de cette Secte habile
Qui fe croyant la vuë affez fubtile ,
Pour pénétrer dans l'objet le plus fin ,
N'eut onc befoin des yeux de fon voifin.
Que tels Docteurs ayent vidé leur cervelle
De quelque Ecrit qui s'en fit arracher ,
Vous les verrez tout prêts à fe fâcher ,
Au moindre endroit de la Piéce nouvelle ,
Où votre lime ofera s'attacher :

Vainement donc votre main les harcelle
Par traits fréquens ; vainement prétend-elle
Les corriger à force de mépris ;
Et me déplaît, s'il faut que je le dife,
Que vous foyez fi fortement épris
Du faux honneur de punir leur fotife.
Loin de vouloir contr'eux nous fignaler ;
Tâchons fans plus de ne point reffembler
A telle Race ; & contens qu'on nous louë,
Laiffons crier un Corbeau qui s'enrouë ;
Mais, qui penfant mieux chanter qu'Apollon,
Veut croaffer dans fon facré Vallon.
Et que me fait à moi qu'un Fat écrive,
Malgré Minerve, & que Phebus le prive
De fes Lauriers ? Que m'importe après tout
Que dans fes Vers cet aveugle fe mire ?
Pourquoi vouloir que mon fecours le tire
De fon erreur ; fouffrons-là jufqu'au bout ;
Et par pitié, permettons qu'il s'admire,
Sans me charger, cruel Défenchanteur,
De lui ravir un plaifir féducteur ;
Le feul peut-être auquel il foit fenfible ?
Pour tel Malade il n'eft reméde aucun
Deffous les Cieux, dont l'effet foit plaufible :
Soyez fincére ou flatteur, c'eft tout un :
Dès qu'une fois un Auteur, fans mérite,
S'eft prévenu qu'on devoit l'admirer,
Quiconque veut lui parler vrai, l'irrite ;

Et l'on ne gagne, à vouloir l'éclairer ,
Qu'un fot mépris , une haine intraitable ,
De peu d'effet , mais toujours redoutable.
Je crains fort peu , direz-vous, leurs tranfports ,
Et ma raifon fe fait à les pourfuivre
Certain plaifir dont la douceur l'enyvre ,
Et qui m'engage à braver leurs efforts.
Où font les traits dont ils peuvent m'atteindre ?
Au demeurant je ne puis me contraindre :
Un fot m'aigrit, & me met en humeur,
A fes dépens il faut que je m'égaye ;
Dès qu'il paroît, je le marque à ma craye ,
Et je me livre . . . Ouï, je connois l'ardeur,
Qui fur ce point vous emporte à médire.
En vous reluit cet efprit pétulant ,
Qui dans un cœur fait germer la Satire ;
Mais cet efprit , infortuné Talent ,
De toùs les dons que nous fait la Nature ,
Eft le feul don indigne de nos vœux,
Et qu'il fied bien de laifler fans culture.
Que j'aime à voir un Auteur généreux
De tout bon mot fuir l'appas dangereux !
Ne fe permettre , en fa Verve prudente ,
Aucun écart d'une bile mordante ;
D'un trait malin méprifer le fuccès ,
Vivre fans fiel ; & libre des accès
Qui font haïr une Mufe impudente ,
De la Satire ignorer les excès.

Tous ces difcours, dites-vous, font fort fages;
Mais toutesfois, on vît dans tous les âges,
En dépit d'eux, s'armer de grands Auteurs,
Du mauvais goût ardens Inquifiteurs;
Et d'Apollon embraffant la vangeance,
Perfécuter la rimailleufe engeance.
Et, dites-moi, fi ces rares Efprits,
Si Juvenal, Des Préaux, Perfe, Horace,
A cette engeance euffent fait plus de grace,
Nous ferions donc fruftrés de leurs Ecrits....?
Oh, quel malheur pour les Races futures!
Quand moins farcis d'orgueilleufes Cenfures,
On les verroit réduits aux autres traits
Qui font honneur à leur Mufe Critique!
Mais vous enfin, dont la Verve cauftique
De fa malice a fait d'heureux effais,
Et qui déja fier de cet avantage,
De Des Préaux convoitez l'héritage:
Vous qui penfez que drapper, fans quartier,
Un pauvre Auteur eft un fi beau métier:
Interrogez nos Maîtres en Satire?
Ces Profeffeurs du grand Art de médire,
Vous avoueront le malheur de leur choix;
Ils vous diront qu'au bout de la carriere,
Tentés cent fois de marcher en arriere,
Ils ont eux-même abhorré leurs exploits,
Et détefté les fruits de leur étude;
Que devenus malins par habitude,

Leur main souvent lâcha d'injustes traits ;
Et que par eux la Raison offensée ,
Sur le rapport de l'équité blessée ,
Plus d'une fois fit casser leurs Arrêts.
Ils vous diront que le digne salaire ,
Que remporta leur Muse atrabilaire ,
Fut de n'avoir , entourés d'ennemis ,
Nul Partisan , nuls sincéres amis.
C'est le destin de quiconque se moule
Sur ces Auteurs ; & mon Sermon ne roule
Que sur ce point , le plus digne de tous
D'être pesé : Non, ce n'est point l'estime ,
Du grand esprit partage légitime ,
Qui de nos biens doit faire le plus doux ;
Et le Sçavoir fut-il plus vaste en vous ;
Eussiez-vous fait une moisson plus grande
Que *Scaliger* ou *Pic de la Mirande* ;
Votre génie eut-il l'heureux pouvoir ,
Avec le goût d'accorder le sçavoir ;
Si pour autrui né fâcheux , insensible ,
L'injuste orgueil vous rend inaccessible ;
Si votre cœur ne peut être soumis
Au joug charmant d'une amitié sincére ;
Si peu touché de se voir sans amis ,
Il ne connoît ni l'Art si nécessaire
De les garder , ni le secret d'en faire :
Vous n'êtes rien qu'un vil monstre , & pour moi
Votre mérite est hors de bas-aloi ,

Dans le commerce indigne de paroître,
Avec le cœur qui devoit ne point naître ;
Ne vivez pas plus long-tems sous nos yeux ;
Au fond des bois, nouvel Anachorete,
Parmi les Ours cherchez une retraite,
Digne héritier de nos premiers Ayeux,
Aussi farouche, & plus criminel qu'eux ;
Ou bien, semblable à ce hideux Cynique,
Fléau des siens, & l'horreur de l'Attique,
Dans un tonneau retranché jusqu'aux dents,
De-là, s'il faut, abboyez les Passants.
Mais finissons, j'apperçois votre Muse
Rire des soins où la mienne s'amuse ;
Et n'opposer, en guise de raison,
Que son penchant, à ma longue Oraison.
Eh bien allez ! Sans crainte de l'orage,
Embarquez-vous, & bravez le naufrage :
De votre course, inutile témoin,
A vos périls j'assisterai de loin ;
Et ne pouvant par l'exemple d'un autre,
Vous retenir contre un penchant trop doux,
Mes yeux vangés verront au moins le vôtre,
Servir aux gens plus dociles que vous.
Vous m'allez dire, & c'est votre réponse,
Qu'ici j'ai tort de vous entretenir
De mes frayeurs, & que je vous annonce
Un peu trop tôt la douleur à venir :
Vous prétendez embrasser la Satire,

E 4

Etre à l'abri des maux qu'elle s'attire ;
Et par prudence évitant tout écueil
De préjugés, d'injuftice, & d'orgueil,
Bien moins Cenfeur d'autrui que de vous-même,
Vous vous ferez un important fyftême,
De ne jamais donner prife au Bétail
Dont vous aurez blafonné le travail ;
De n'attaquer dans les Ecrits des autres
Que des travers inconnus dans les vôtres.
Soit : à ce prix je vous livre les fots ;
De leurs chiffons nettoyez le Parnaffe ;
Bien entendu que vos traits feront grace
A leur perfonne, en blâmant leurs défauts.
Le Dieu des Vers, dont les regards propices
De votre veine ont hâté les prémices ;
Et les neuf Sœurs à qui plaît votre encens,
Vont préfider à vos travaux naiffans :
Plus glorieux pourtant, fi ma doctrine
Mettant un frein à votre humeur chagrine,
Vous fait choifir, en changeant de métier,
Un autre champ où cueillir du Laurier.

L'ASNE.

L faut convenir que la prévention exerce un furieux empire
sur l'esprit de l'homme ; c'est
elle qui presque toujours déter-
mine ses sentimens, régle ses actions,
fixe ses goûts, & lui dicte la plûpart de
ses jugemens : c'est elle qui fait que tant
de gens aiment ou haïssent sans réfléxion,
estiment ou méprisent sans discernement,
desirent ou appréhendent sans sujet.

Nous rendant insensibles à ce qui est
commun, quoique bon, elle ne nous
laisse des yeux & du goût que pour ce qui
est extraordinaire, & souvent mauvais :
elle nous fournit les termes les plus forts
& les plus pompeux pour louer, par
exemple, un grand Guerrier, dont le
mérite est de porter par tout la désola-
tion & la mort, & elle ne nous inspire
que du mépris ou de l'indifférence pou
un Laboureur & un Vigneron, dont l'in

E 5

duſtrie bienfaiſante force la Nature à
nous donner & de quoi vivre , & de quoi
nous réjouir.

Nous ſommes ſaiſis d'admiration & d'é-
tonnement à la vuë d'une Comete , qui
n'eſt qu'un amas fortuit d'exhalaiſons en-
flammées, ou tout au plus un Aſtre va-
gabond , qui a , dit-on , à ſa queuë une
longue ſuite de funeſtes préſages ; & à
peine faiſons-nous attention au cours mi-
raculeux du Soleil , cet Aſtre ſi utile & ſi
beau.

Nous courons donner de l'argent pour
voir un Tigre , animal féroce & perni-
cieux , & nous érigeons en Roi des animaux , le Lion , toujours prêt à nous dé-
chirer & à nous mettre en piéces , pendant que nous maltraitons cruellement
l'Aſne , qui nous rend des ſervices conſi-
dérables , & qui , ſi on l'examine de
près , peut être le modele de mille vertus.

Oüi , ſotte & aveugle prévention , l'Aſne nous donne les plus beaux exemples
de vertus , & mérite par mille endroits
nos vénérations & notre eſtime. On n'en
doutera pas , je penſe , quand on aura lu
l'Eloge court, mais ſincere, que j'ai entre-
pris de faire de ce ſage & laborieux Animal. Guéri d'anciennes erreurs , & reve-

nu des préjugés aufquels le tems feul &
le défaut d'attention ont donné quelque
crédit, j'efpere qu'on conviendra bientôt
que l'Afne eft un animal incomparable,
que fon mérite éleve au-deffus de tous
les autres animaux. Je dis de tous les animaux, & j'ai de la peine même à en ex-
cepter l'Homme, cet animal vain & capricieux, qui avec fa raifon & tout l'efprit dont il fe pique, fera toujours, au
fentiment des Juges défintéreffés, inférieur à l'Afne en bien des chofes.

Que ce début ne révolte perfonne ! de
plus beaux Efprits que moi ont mis l'Homme au-deffous de la bête ; & fi l'on veut
bien fe défaire de fes préjugés, & écarter
pour quelque tems les artifices de fon
amour propre, on demeurera facilement
d'accord qu'ils ne l'ont pas fait par un
efprit de bizarrerie, ou pour s'égayer,
& que l'Afne fur tout a mérité les juftes
loüanges que les perfonnes éclairées lui
ont données dans tous les tems.

Deux chofes, ce me femble, doivent
faire le prix & le mérite d'un Animal ;
fçavoir, l'utilité dont il eft dans le monde, & les belles qualités qui le diftinguent. Quel animal voyons-nous dans la
Nature qui foit d'une utilité plus étenduë
que l'Afne, & qui réuniffe en lui tant

d'admirables qualités, fans mélange d'au-
cuns défauts ? N'eft-ce pas de l'Afne qu'on
peut dire avec vérité qu'il eft à tout ?
Soit que vous lui faffiez traîner la cha-
rette, foit que vous le mettiez à la char-
ruë, (a) docile & commode animal, il
s'acquitte également bien de ces emplois.
Avant l'invention des moulins à eau & à
vent, qui n'eft pas fort ancienne, l'Afne
fervoit à tourner la meule pour moudre
le bled. (b) Il porte les fardeaux les plus
péfans, & d'une maniere aifée. On s'en
fert pour courir la pofte (c) dans plufieurs Provinces, & c'eft dans tous les
Pays la monture la plus douce : auffi tire-

(a) Plerique deducuntur ad molas aut ad agri-
culturam, ubi quid vehendum eft, aut etiam ad
arandum *Varro de re ruftica, l. 2 c. 6.*

Afinum 400 nummûm emptum Q. Axio Sena-
tori auctor eft M. Varro; haud fcio an omnium
pretio animalium victo : operâ fine dubio Geruli
mirificâ, arandoque, &c. *Plin. l. 8. cap. 23. & l.
17. c. 5.*

Hujus animalis tam exiguæ tutelæ plurima &
neceffaria opera fupra portionem refpondent, cùm
& facilem terram, qualis in Boëtica & tota Ly-
bia, fic levibus aratris profcindat. *Colum. l. lib. 8.
c. 1.*

(b) D'où vient *mola afinaria*, & *afini molina-
rii, molarii, molendarii*, &c.

(c) Il y a des Afnes en Afrique qui font vingt
& vingt-cinq lieues par jour.

t'il son étimologie , ou du mot Grec
ἀσινής , qui signifie sans défaut , ou du
verbe Latin *assidere* , (a) qui veut dire
être assis ; parce que la maniere la plus
usitée de s'en servir dans les premiers tems
étoit de s'asseoir dessus. Tems heureux ,
où la simplicité régnoit jusque dans les
mœurs , & où l'orgüeil & la mollesse n'a-
voient pas encore amené l'usage de se faire pompeusement traîner dans des caros-
ses , ou rouler dans des chaises ! Les plus
riches alors & les plus distingués ne rou-
gissoient point de se servir de leurs pieds
pour marcher , ou de paroître dans la nécessité assis sur un Asne ; & nous lisons
dans les Histoires anciennes que c'étoit
la plus superbe monture des Princes
Orientaux , & des plus grands Seigneurs
de la Palestine ; c'étoit en ces sortes d'a-
nimaux que consistoient leurs plus grandes richesses : jusque - là qu'il est rapporté que Job avoit cinq cens Asnes
avant ses disgraces , & qu'il en eut mille
après qu'il eut été rétabli dans son ancienne splendeur ; & que selon le témoignage de Joseph , la charge d'Intendant
des Asnes étoit un des plus illustres Emplois de la Cour des Rois Juifs ; & nous

(a) *Isidor. lib. 2. orig.*

apprenons par le dénombrement des principaux Officiers de David, que sous son regne Jadias Meronathites possedoit cette Charge éminente.

Nous lisons dans la Mithologie des Anciens, que les Dieux étoient montés sur des Asnes en la guerre qu'ils eurent contre les Géans, & qu'un de ces animaux y fit même des merveilles. Le bon Pere Silene monté sur un Asne, ouvroit la marche du fameux triomphe de Bacchus, & c'en étoit à coup sûr la piéce la plus curieuse. Les plus fameux Héros de l'Antiquité, à l'exemple des Dieux, n'avoient pas d'autres montures, & l'Asne étoit même en une si grande estime parmi les Romains, que les plus illustres Familles de leur République se firent un honneur d'en prendre le nom, ou d'en tirer leur surnom : *Indè*, dit Passerat, *Asellii Viri Consulares*, *Asinæ Prætorii*, *Aselliones Historici*, *Vinnii Asella*, *Asinii Galli*, *Asinii Dentones*, *Asinii Polliones*, & tant d'autres qu'il est inutile de rapporter ici. Les Chevaux furent long-tems sans pouvoir être ni domptés, ni apprivoisés ; on regarda les premiers qui les monterent comme des monstres, qu'on appella Centaures : l'on ne s'en servit d'abord qu'à la guerre & pour combattre ; l'on se servoit d'Afnes dans toutes les autres occafions ; principalement dans les cérémonies ; & l'on remarque que les Prêtres du Paganifme promenoient de tems en tems leurs Idoles fur le dos d'un Afne dans tous les carrefours des Villes, pour en éloigner toutes fortes de malheurs, à ce qu'ils s'imaginoient : d'où vint le proverbe, *Afinus portans Myfteria.*

Il n'y a gueres plus de cent ans que les perfonnes les plus diftinguées dans l'Eglife & dans la Robbe, & il y a encore moins de tems que les plus fameux Médecins n'alloient que fur des Mules, digne race des Afnes ; & l'on ne pouvoit s'empêcher alors d'admirer le bon naturel de ces Animaux qui, à l'exemple du pieux Enée, portoient fi volontiers leurs peres la plûpart du tems. (*a*)

Nous lifons encore dans l'Hiftorien Jofeph, (*b*) que parmi les Juifs on avoit coutume le jour des nôces de conduire la Mariée en la maifon de fon Epoux,

(*a*) L'origine du proverbe *Ferrer la mule*, vient de ce que les Laquais des Magiftrats qui alloient autrefois au Palais fur des mules, s'amufoient à jouer pendant les féances de leurs Maîtres, & pour avoir de l'argent, ils leur faifoient fouvent accroire qu'il falloit ferrer leurs mules.

(*b*) *L.* 15. *c.* 18.

montée fur un Afne ; pour la faire reffou-
venir fans doute à la vuë d'un Animal fi
doux, de fe pourvoir à fon exemple d'une
forte patience pour fupporter tranquillement tous les défagremens de l'état péni-
ble qu'elle alloit embraffer ; & aujour-
d'hui les Dames de Perfe & du Grand Caire rendent leurs vifites, & fe promenent
montées fur des Afnes, qui vont un train
de Haquenée, & qui font parés fuperbe-
ment, comme le racontent ceux qui ont
voyagé dans ces Pays-là. (*a*)

C'étoit avec beaucoup de raifon que
nos Peres plus fages que nous, choifif-
foient l'Afne pour leur monture préféra-
blement à toute autre ; c'eft bien affuré-
ment la commodité la moins fatiguante,
& la moins dangereufe que nous ayons,
le Cheval n'étant que trop fouvent fougueux, retif, ou ombrageux.

Si le char que conduifit Phaëton avoit
été tiré par des Afnes, & non par des
Chevaux fougueux & pleins de feu, ce
jeune Ambitieux n'eût pas été affuré-
ment précipité dans le Pô, & il auroit
épargné bien des larmes à fes trop tendres Sœurs, une grande frayeur à toute
la terre, la fatigue extrême aux Poëtes

(a) *Théâtre du Monde.*

de décrire en Vers pompeux & magnifiques un événement si considérable, un
furieux embarras aux Chronologistes,
pour sçavoir en quel tems précisément
cela est arrivé ; & au grand Jupiter enfin
la triste nécessité ou de tuer le fils du
blond Phebus à coups de foudres, ou de
se voir brûler lui-même & son céleste
Manoir, n'ayant alors par malheur ni
pluyes, ni grêles, ni nuages à sa disposition pour empêcher un embrasement si
peu attendu :

Nam neque quos posset terris inducere nimbos
Tunc habuit, neque quos Cœlo demitteret imbres. (a)

Hyppolite, le charmant Hyppolite, auroit-il été mis en piéces si misérablement,
si son char eût été attelé d'Asnes, au lieu
de Chevaux ?

Philippe, fils aîné de Louis le Gros,
Prince d'une grande espérance, & que
son pere avoit fait couronner Roi de
France de son vivant, auroit-il eu une
fin si tragique, (b) s'il n'eût jamais mon-

(a) *Ovide Métamorph. l. 2. ch. 1.*

(b) Ce Prince allant à cheval dans les ruës de
Paris, un Porc vint se jetter entre les jambes de son
Cheval, qui se cabra, & jetta sur le pavé le jeune
Roi, qui fut écrasé, & mourut de cette funeste
chute, au grand regret de tous les Français.

té que des Afnes ? Et tous ceux qui poffederent jadis le Cheval Sejan , (*a*) au-
roient-ils de même fini fi malheureufement leurs jours , s'ils avoient troqué de
bonne heure ce fatal animal contre quelque Afne plus favorable ? (*b*)

Lorfque Camille entra dans Rome en
triomphe , après la prife de la célébre
Ville des Veïens , il s'attira l'envie & la
haine du Peuple Romain , dit Tite-Live ,
parce qu'il étoit dans un char tiré par
des Chevaux blancs : cela fut même en

(*a*) Ce Cheval venoit d'Argos , Ville de Grece. C'étoit le plus bel animal qu'on eût jamais vu
dans fon efpéce , mais qui fut fatal à tous ceux qui
le poffederent. Cneus Sejus l'eut le premier , lequel fut mis à mort par l'ordre du Triumvir Marc-
Antoine. Dolabella l'acheta enfuite 100000 fef-
terces, & il fut tué pendant la guerre civile. Caf-
fius l'eut enfuite , après lui Marc-Antoine ; & ils
moururent tous deux de mort violente , comme
tout le monde fçait : D'où vint le proverbe, *Cet
homme a le Cheval Sejan*, pour marquer un homme extrêmement malheureux. *Aulugel. l.* 3.
c. 9.

On dit qu'*Equo Sejano* étoit la devife du Con-
nétable de Bourbon , qui fut fi malheureux , &
qui fut tué devant Rome.

(*b*) L'on a toujours regardé la rencontre de
l'Afne comme une rencontre de bon augure ; témoin ce qui arriva à Augufte, qui ayant rencon-
tré un Afne un peu avant la Bataille d'Actium ,
augura favorablement du fuccès de la Bataille.

partie caufe que quelque tems après il
fut envoyé en exil ; ce qui ne feroit pas
arrivé, s'il fe fût fervi d'Afnes ; le peuple n'ayant garde de fe fcandalifer d'un
animal qui lui reffemble fi fort, & avec
lequel il fimpatife merveilleufement.

Mais ne nous arrêtons pas fi long-tems
aux funeftes accidens que peuvent caufer
des Chevaux ombrageux & difficiles, &
dont nous n'avons que trop d'exemples
fâcheux tous les jours ; paffons vîte aux
autres avantages que l'Afne nous pro-
cure.

Croiriez-vous jamais que nous fommes
redevables à l'Afne de l'utile invention
de tailler la vigne ? Rien n'eft plus vrai
cependant. Les hommes, dit un bon Auteur, (a) s'étant apperçus dans les premiers tems que les Afnes rongeoient des
branches de vigne en de certains endroits, & que ces branches ainfi rongées
rapportoient plus de raifins que celles où
ils n'avoient pas touché ; les hommes ,
dit cet Auteur, firent leur profit de cette

(a) Nonnulli tradunt Afinum amputandarum
vitium auctorem & præmonftratorem fuiffe. Nam
abrofo ab eo palmite , &c. Ejus rei monumentum
Naupliæ fpectabatur , ubi lapideus Afinus grata
pofteritati memoria dedicatus fuerat. *Joannes*
Pierius Valerianus Hierogliphic. lib. 12. *cap.* 20.

découverte, & apprirent de-là à tailler la vigne. La reconnoissance d'un si grand bienfait porta même les habitans d'une des principales Villes de la Grece (*a*) à ériger au milieu de leur place une Statuë en l'honneur de l'Asne , pour témoigner à la posterité les obligations qu'on avoit à un si utile animal. C'étoit pour cette raison sans doute qu'on voyoit anciennement dans les Salles où les Romains prenoient leurs repas , des têtes d'Asnes liées avec des branches de vigne , (*b*) & que les Syriens & les Hébreux se servoient presque du même mot pour signifier l'Asne & le vin. (*c*)

Pour moi quand je songe à l'avantage qui nous est revenu de cette utile invention, dont l'Asne est le premier auteur, je ne sçaurois rencontrer un Asne , que je ne me sente le cœur ému , à son aspect, d'une tendresse mêlée de je ne sçai quel respect pour un si auguste Bienfaicteur. Où est l'animal en effet, je ne dis pas seulement dans les Indes & dans les Pays éloignés , mais dans l'Europe même , qui

(*a*) Napoli de Romanie , Ville Archiépiscopale , jadis *Nauplia.*
(*b*) Voyez *Hygin.*
(*c*) On appelle un Asne en Hébreu חמור *Chamor* , & le vin חמר *Chemer.*

nous ait enfeigné une fcience fi nécef-
faire ? L'Araignée nous a donné, dit-on,
l'idée de la toile, l'Hirondelle des bâti-
mens, & le Roffignol de la Mufique ; des
Chévres nous ont enfeigné l'ufage du
caffé, (*a*) les Hippopotames de la faignée,
(*b*) & les Cicognes du clyftere ; (*c*) je
ne fçais combien d'autres animaux nous
ont appris la connoiffance de plufieurs
fimples : Tout cela, je vous avouë, a
fon mérite ; mais fort éloigné après tout

(*a*) Un Berger de la Paleftine qui gardoit des
Chévres, s'étant apperçu que lorfque fes Chévres
avoient rongé les féves qui venoient à un certain
arbriffeau qui porte le caffé, ne faifoient que fau-
ter & bondir toute la nuit dans leur étable, en
avertit le Prieur d'un Monaftere de Jacobites, à
qui appartenoit ce troupeau, qui s'imagina que
le fruit de cet arbriffeau avoit la vertu de mettre
le fang en mouvement, & en fit l'expérience fur
fes Religieux, pour les empêcher de dormir la
nuit pendant les Matines.

(*b*) L'Hippopotame ou Cheval de riviere vient
fur le rivage, lorfqu'il fe fent trop replet, &
s'ouvre une veine de la cuiffe avec la pointe d'un
rofeau la plus aiguë qu'il peut trouver. Quand il
en a laiffé fortir autant de fang qu'il croit nécef-
faire pour être foulagé, il couvre fa playe avec
du limon.

(*c*) La Cicogne prend de l'eau avec fon bec,
qu'elle a extrêmement long, & fe la feringue
dans le derriere, pour fe purger quand elle en a
befoin.

de l'invention de tailler la vigne que nous a montré l'Asne, sans quoi les vendanges seroient si maigres, & le vin parconséquent si cher, qu'il n'y auroit que les Rois & les Princes qui fussent en état d'en boire. Palemon a inventé, ou du moins perfectionné la Grammaire, Apollon la Poësie, Gorgias la Rhétorique, Aristote la Logique, Esculape la Médecine, & Zoroastre l'Astrologie; mais de quelle utilité sont dans le monde toutes ces vaines Sciences, en comparaison du vin, qui réjoüit le cœur de l'homme, & rafine extrêmement son esprit ? Quels Vers froids les Poëtes ne feroient-ils pas, s'ils ne buvoient que de l'eau ? Qui parle mieux, qui fait de plus belles figures de Rhétorique qu'un homme qui est en pointe de vin ? Qui pousse mieux que lui un argument en *ferio* ou en *baroco?* Et personne n'oseroit me contester que depuis qu'il y a des Médecins dans le monde, tous ensemble n'ont point fait par hasard le tiers des cures que le vin seul a faites par sa propre vertu. Pour ce qui est de l'Astrologie & de ses prédictions, il n'y a point de buveur qui ne s'en moque, & avec raison.

Mais à propos de l'Astrologie, je suis bien aise de vous dire que le plus expé-

rimenté Faifeur d'Almanachs eft bien
moins qu'une bête, en comparaifon de
notre célébre Animal, quand il s'agit de
prédire le beau ou le mauvais tems ; juf-
que-là qu'un des plus fages & des plus
fpirituels de nos Rois, fit l'honneur à un
Afne de le prendre pour fon (*a*) Aftrologue ordinaire. (*b*)

Je fçai que plufieurs animaux nous font
connoître les changemens de tems par
de certaines marques. Quand les Hirondelles volent bas, on doit s'attendre d'a-

(*a*) C'étoit autrefois une Charge à la Cour.
(*b*) Tout le monde fçait l'Hiftoire de Louis
X I , Roi de France, qui étant allé un jour à la
chaffe, après avoir confulté auparavant fon Aftrologue, qui lui avoit promis du beau tems, eut
à fa rencontre un Charbonnier avec fon Afne, à
qui le Roi demanda, fans fe donner à connoître,
s'il auroit du beau tems toute la journée. Le
Charbonnier lui répondit qu'il pleuvroit bientôt,
ce qu'il connoiffoit à l'allure de fon Afne. Effec-
tivement il tomba de la pluye quelque tems après:
ce qui fut caufe que le Roi de retour à la Cour,
ayant chaffé fon Aftrologue, y fit venir le Charbonnier & fon Afne, à qui il donna les mêmes
appointemens qu'il donnoit auparavant à fon Aftrologue en titre d'Office. En effet, cet Afne lui
prédifoit bien plus certainement que lui le beau
ou le mauvais tems ; car lorfqu'il devoit pleu-
voir, il ne manquoit pas de dreffer les oreilles,
& d'aller de côté, comme font ordinairement
tous les Afnes.

voir du vent ou de la pluye. (*a*) Les Grenoüilles coaffant plus haut qu'à l'ordinaire, les Macreufes faifant comme un bruit aigu le matin , les Plongeons & les Canards fe nettoyant les plumes avec le bec, les Corbeaux paroiffant abboyer & fe battre , nous marquent auffi du vent ; les Grües volant extrêmement haut , préfagent le beau tems ; les Rats abandonnant une maifon , donnent à connoître qu'elle eft proche de fa ruine , & qu'il y a du danger à y refter. Tous ces préfages de l'avenir qui nous viennent de divers animaux , font admirables , j'en conviens ; mais l'on fçait par expérience qu'il n'y en a pas de plus clair , ni de plus infaillible que ceux que nous donne notre intelligent Animal, qui fe roulant dans la pouffiere , préfage le beau tems , & dreffant les oreilles , & allant de côté , préfage certainement la pluye.

Outre tant d'avantages , qu'on ne fçauroit raifonnablement contefter à l'Afne , & qui le diftinguent d'une maniere fi éclatante , perfonne n'ignore les admirables propriétés du lait d'Afneffe , foit

(*a*) C'eft que le vent fait defcendre les moucherons dont vivent les Hirondelles , & les fait approcher de la furface de la terre ou de l'eau.

pour

pour guérir les maladies internes & dangereuſes, (*a*) ſoit pour blanchir & em-
bellir la peau. (*b*) Ce puiſſant remede a
rétabli plus d'une fois l'embonpoint d'un
corps que la langueur conſumoit, & la
fraîcheur d'un teint que l'uſage trop fré-
quent des plaiſirs avoit amorti. C'étoit
pour cela que la Coquette Poppée, qui
fut la Maîtreſſe, & enſuite la Femme de
Neron, en uſoit ſouvent, & prenoit de
tems en tems le bain de lait d'Aſneſſe,
pour réparer le tort que ſes débauches faiſoient à ſa beauté ; & au rapport des anciens Auteurs, (*c*) elle traînoit après elle
(*d*) dans tous les lieux où elle alloit, une
longue ſuite d'Aſneſſes bienfaiſantes. Une
tête d'Aſne enterrée au milieu d'un jar-

(*a*) Le lait d'Aſneſſe eſt excellent contre la
goutte.
(*b*) Le lait d'Aſneſſe contribuë beaucoup à rendre la peau plus blanche, & ôte les rides du viſage, en tendant la peau.
(*c*) *Pline, &c.*
(*d*) Juſqu'à cinq cens. Les hommes efféminés
& délicats ſe frottoient le viſage & la peau de
pain trempé dans du lait d'Aſneſſe, ou pour la
rendre plus blanche, ou pour empêcher que la
barbe ne leur vînt ſi-tôt. *Sueton. dans Othon, chap.*
12. *Martial. l.* 10. *Epig.* 68. Ils ſe faiſoient même
un maſque de ce pain. *Juvenal. ſat.* 6. *Pline, hiſt.*
l. 11. *ch.* 41. *lib.* 28. *ch.* 12.

Tome I.   E

din , le rend, dit-on , plus fertile. La
corne du pied de l'Afne brûlée, mife en
poudre , & buë dans un verre de vin, guérit du mal caduc , felon le fentiment de
quelques Naturaliftes. Un emplâtre de
cette même poudre guérit les écrouelles ,
& les angelures qui viennent aux pieds
ou aux mains ; & la fumée de cette même
corne qu'on brûle , facilite l'accouche-
ment de l'enfant mort dans le ventre de
fa mere. Trois ou quatre gouttes de fon
fangs buë, dans du vin , guériffent la fiévre continuë. L'eau qui refte dans le fceau
après que l'Afne y a bu , appaife le mal de
tête. (a) Ses reins broyés & pris dans
quelque breuvage guériffent de l'incon-
tinence. Ses os pilés & bus auffi dans du
vin , fervent de contrepoifon ; & dégar-
nis de leur moëlle , on en fait des flûtes
douces & agréables. Qui pourroit enfin
raconter toutes les utilités qu'on peut tirer de l'Afne, puifqu'il n'y a pas jufqu'à
fon urine qui ne foit un remede fpécifi-
que pour les maux de reins caufés par des
humeurs épaiffes & vifqueufes ? Et fa fien-
te trempée dans du vinaigre, & envelop-
pée dans un drapeau que l'on porte au

(a) Aqua quæ remanet Afino potata dolorem
capitis fedat ; renes verò triti & bibiti incontinen-
tiam cohibent. *Plin. ibid.*

nez, arrête l'hemorragie. Sa peau même, qui est si maltraitée pendant sa vie, l'est encore davantage après sa mort, puisque l'on s'en sert en plusieurs Pays pour faire des tambours & des tymbales ; & Albert le Grand assûre qu'on ne verroit jamais la fin des semelles de souliers qui seroient faites des endroits de la peau de l'Asne, endurcis par les charges qu'il porte.

Pour sa chair, (a) elle est fort exquise, & très délicate, au rapport de ceux qui en ont mangé. Cela est si vrai, que chez les Grecs autrefois & chez les Romains elle étoit fort recherchée ; & il y a encore aujourd'hui des Pays où les Asnons font les mets les plus friands des grands Seigneurs qui traitent. Mécenas, cet homme rare, & si connu par la faveur d'Auguste, & la protection qu'il accordoit aux Sçavans, aimoit fort l'Asnon, & en trouvoit la chair délicieuse ; (b) & Varron dit que de son tems on n'en servoit que sur les tables des Rois & des grands Pontifes : (c) Que ceux de Pessinunte &

(a) La chair d'Asnon a le goût de celle de Liévre, quand elle est fraîche ; & de celle de Cerf, quand elle n'est pas si fraîche.

(b) Le Cardinal du Prat, du tems de François I, mit aussi la chair d'Asnon fort à la mode.

(c) Il appelle la chair d'Asnon, *dapes Pontificiæ.*

F 2

de Reate étoient d'un goût si exquis, & si chers, qu'on en achetoit souvent jusqu'à quarante mille sesterces, qui font près de mille écus de notre monnoye. (*a*) Ce qui fait appeller souvent l'Asne, *Multi-nummus* par ce plus sçavant des Romains. Et si les hommes aujourd'hui si sensuels & si friands, n'osent toucher à une viande si délicate, c'est autant par rapport à l'utilité que leur apporte l'Asne, qu'ils le respectent & n'osent le tuer, que parce qu'aussi ils se font un scrupule de dévorer la chair de leur frere, & d'un animal qui vaut souvent mieux qu'eux.

Je me souviens d'avoir lu qu'au fameux siége de Sançerre, dans le tems des guer-

_____

(*a*) Orose aussi rapporte *l.* 7. *c.* 37. qu'un Sénateur, nommé Axius, acheta un jour un Asne 400 écus.

Voyez Aulugelle, *l.* 7. *c.* 16. où il parle des viandes les plus recherchées du tems de Varron, qui étoient les Paons de l'Isle de Samos, *Pava Samius* ; les Francolins ou Faisans de la Phrygie, *Phrygia Altagena* ; les Gruës de l'Isle de Milo, *Grues Melitæ* ; les Chevreaux d'Ambracie, *Hœdus ex Ambracia* ; les jeunes Thons de Calcedoine, *Pelamis Chalcedonia* ; les Lamproyes de Tartesse ou Tariffa, *Muræna Tartessia* ; les Asnons de Pessinunte ou Pessin, *Aselli Pessinuntii* ; les Huitres de Tarente, *Ostrea Tarentina* ; les Sargets de Cilicie, *Scari Cilices* ; les Petoncles (sorte de poissons) de l'Isle de Chio, *Pectunculus Chius*, &c.

res civiles fous Charle IX , les affiégés
ayant confumé toutes les provifions de la
Place , aimerent mieux , réduits qu'ils
étoient aux plus affreufes extrêmités, manger les Chevaux , les Chiens , les Chats ,
les Rats , les Souris, le Cuir , la Bourre, &
un tas d'autres plus vilaines ordures , que
de tuer les Afnes qui étoient dans la Ville;
& ils ne les mangerent enfin que pour ne
pas être obligés de fe manger eux-mêmes.
Ils ne les épargnerent fi long-tems, difent
les Hiftoriens , que par une efpéce de vénération qu'ils avoient pour ces vertueux
Animaux , & par rapport aux fervices
qu'ils en recevoient tous les jours. Et
quand il fallut fe réfoudre à tuer le feul
qui reftoit, & que les Sancerrois avoient
confervé le plus long-tems qu'ils avoient
pû, pour s'en fervir dans leurs befoins, la
pitié s'empara de tous les cœurs , la Ville
retentit de cris & de gémiffemens, & la
perte de cet innocent Animal fut pleurée
plus amerement que pas une de celles que
les affiégés euffent faites jufqu'alors ; tant
eft forte l'impreffion que fait fur les efprits un mérite utile & connu, qui fe
trouvant fouverainement dans l'Afne ,
donne lieu de nous étonner qu'on ait aujourd'hui pour lui fi peu d'eftime ; à
moins qu'on ne veüille dire que comme

F 3

il y en a un nombre prefque infini en France, l'on n'eft gueres porté à beaucoup eftimer ce qui eft fi commun. (*a*) Mais il y a Afnes & Afnes ; & fi ceux à courtes oreilles n'ont aucun mérite qui puiffe attirer nos refpects & notre eftime, nous devons avoir des fentimens plus équitables pour les Afnes à longues oreilles, qui nous font utiles en tant de manieres, & qui peuvent nous édifier & nous inftruire par leurs bonnes qualités, & les fages leçons qu'ils nous donnent, comme vous l'allez voir dans une efpéce de feconde Partie ; ayant trouvé à propos de couper ainfi mon Difcours fur l'Afne, pour vous donner le tems de cracher, touffer, & reprendre un peu haleine.

(*a*) La Cour du Palais du Roi de Perfe eft remplie d'Afnes richement enharnachés, le jour qu'il donne audience aux Ambaffadeurs. Ce que voyant un jour un Ambaffadeur Efpagnol, il perdit fa gravité, & fe mit à rire. Un Seigneur Perfan qui l'accompagnoit, lui en demanda la raifon. L'Ambaffadeur Efpagnol lui dit qu'il rioit de voir traiter avec tant de diftinction des animaux qu'on traitoit avec le dernier mépris en Efpagne. C'eft, répliqua le Perfan, que les Afnes font fort communs en votre pays ; & nous les traitons avec diftinction, parce qu'ils font plus rares dans le nôtre.

LES animaux les plus recommandables ont prefque tous de grands défauts, qui balancent d'ordinaire les bonnes qualités qu'ils peuvent avoir ; & pour commencer par l'Homme, qui en eſt le Chef, y a-t'il rien de plus léger & de plus capricieux ? Et ne peut-on pas dire de lui que s'il a de l'eſprit & de la raiſon, il a encore plus de méchanceté & de malice ?

Le Lion, pour paſſer aux autres animaux, eſt courageux, mais il eſt cruel ; le Taureau eſt fort, mais il eſt furieux ; le Serpent eſt prudent, mais il eſt dangereux ; le Singe eſt adroit, mais il eſt malicieux ; la Fourmi eſt laborieuſe, mais elle ne travaille que pour elle ; le Chien eſt affectionné à ſon Maître, mais ſouvent ſes morſures ſont dangereuſes, & ſes abboyemens incommodes ; l'Abeille fait le miel, mais ſes piqueures ſont à craindre ; le Cheval ſert à l'Homme, mais outre qu'il eſt fougueux, c'eſt qu'il coute beaucoup à élever, & encore plus à nourrir ; l'Aſne ſeul, l'Aſne a toutes les bonnes qualités des autres animaux, ſans en avoir les mauvaiſes. Il a (*a*) du courage

(*a*) Plutarque rapporte en la Vie d'Alexandre le Grand, qu'un Aſne combattit courageuſement contre un Lion, & qu'il le tua à coups de pieds.

fans cruauté, de la force fans fureur, de l'induftrie fans malice, & de la prudence fans inconvénient ; il ne fait rien pour lui, & il fait tout pour l'Homme, à qui il femble avoir dévoué dès fa naiffance tout le fervice dont il eft capable. C'eft l'animal le plus fobre, quoique le plus laborieux ; un peu de foin ou quelques chardons lui fuffifent : il eft extrêmement patient, & c'eft la douceur même ; auffi l'on remarque qu'il vit en bonne intelligence avec tous les animaux, excepté avec le Corbeau, qu'une antipathie fecrette a rendu fon ennemi déclaré. Quelquefois ce vilain oifeau vient fe percher fur la tête de notre Animal, & tâche de lui crever les yeux à coups de bec ; mais au moyen de leur concavité, & de la dureté de fa peau, la Nature, cette fage ouvriere, a fçu le mettre à couvert de fes infultes. L'Afne eft toujours égal à lui-même, il a aujourd'hui les mêmes inclinations qu'il avoit hier, & il ira l'année prochaine le même train qu'il va cette année. Sans fe groffir la tête de mille chimeres, ni s'évaporer en je ne fçai combien de deffeins ridicules, il fçait fe connoître & fe renfermer dans les juftes bornes que la Nature & fon bon fens lui prefcrivent. On ne le voit pas entêté d'un mérite imaginaire, aller défier un Roſſignol à chanter, ni diſputer de beauté avec un Cheval d'Eſpagne.

Sans pouſſer des regrets ſuperflus ſur le paſſé, ni s'effrayer ſur l'avenir par mille réfléxions chagrinantes, l'Aſne ne s'occupe qu'à faire un bon uſage du préſent. Il naît robuſte, & enveloppé dans une peau bien fourrée ; il vit ſans inquiétude, & exemt de maladies, & il meurt auſſi paiſiblement qu'il a vécu. (*a*) L'Aſne a naturellement de la conſtance & de la fermeté dans ſes réſolutions ; auſſi une Aſneſſe en Hébreu, eſt appellée *Athon*, qui vient du verbe Arabe *Athana*, qui veut dire, être ferme dans ſes deſſeins. Ce qui s'accorde aſſez avec ce qu'Homere dit d'Achille, dont il compare la fermeté avec celle de l'Aſne, au Livre ſecond de ſon Iliade.

Un célébre Auteur (*b*) a avancé avec beaucoup de raiſon, que l'Aſne étoit le Sage des Stoïciens. Rien ne le trouble, dit-il, ni ne l'inquiete ; il ne ſe laiſſe ni

(*a*) L'Aſne vit ordinairement trente ans, & quelquefois davantage ; c'eſt bien peu pour un animal ſi utile & ſi bienfaiſant, tandis qu'un Corbeau & d'autres animaux qui ne ſont bons à rien, vivent pluſieurs ſiécles.
(*b*) *Heinſius.*

F 5

éblouïr par le fafte, ni corrompre par le plaifir, ni abbattre par la douleur. Accablé des plus pefantes charges, roüé de coups par un conducteur inhumain, il n'en paroît pas plus ému, & cela ne l'empêche pas, en allant toujours fon chemin, d'arracher par-ci par-là quelque brin d'herbe qu'il mange fort tranquillement. N'eft-ce point là réellement & en effet cette impaffibilité que les Stoïciens n'ont jamais eu qu'en idée ?

On peut fort bien dire auffi, continuë le même Auteur, que l'Afne eft de la Secte de Diogene le Cynique ; il vit au jour la journée, fans s'embarraffer du lendemain ; (*a*) il mange ce qu'il trouve, ou ce qu'on lui donne, avoine, foin ou chardons ; il fe couche où l'on veut, fur la paille ou fur le pavé, & il contente fes appetits naturels quand la Nature l'en preffe, fans fe foucier du qu'en dira-t-on.

(*a*) Philemon (Diogene Laerce le dit de Chryfippe) voyant un Afne qui mangeoit de bon appetit un plat de figues qu'on avoit apprêtées pour fa table, commanda qu'on apportât du vin dans un feau, afin qu'il ne mangeât point fans boire. L'Afne en ayant avalé cinq ou fix pintes en deux traits, ce Poëte y prit tant de plaifir, qu'il en mourut à force de rire.

Jamais Epicure, ni aucun de ſes Secta-
teurs, n'a connu auſſi parfaitement que
l'Aſne cette tranquillité d'ame, cette charmante quiétude ſi vantée dans leurs Ecrits.

Ce qui diſtingue encore notre illuſtre
Animal, c'eſt un air modeſte & grave qui
lui eſt particulier. A le voir ſeulement
marcher, on eſt charmé de ſa modeſtie ;
il va toujours les yeux baiſſés, & d'un pas
égal, & la démarche lente & majeſtueuſe
lui paroît comme naturelle.

Quand l'Aſne paſſe ſur un pont, ou
entre dans une riviere qu'il eſt obligé de
paſſer, il s'arrête quelque tems, & frappe
du pied, comme pour ſonder le gué ; afin
de nous apprendre avec combien de pré-
caution nous devons nous embarquer dans
les entrepriſes où l'on entrevoit quelque
danger. Il y en a qui diſent que c'eſt parce que l'Aſne craint l'eau. En ce cas, il
auroit cela de commun avec la plûpart des
grands Hommes. Voyez Ulyſſe dans l'O-
dyſſée, & Enée dans Virgile ; on ne peut
pas pleurer de meilleure grace qu'ils font
à la vuë de la moindre tempête : c'eſt apparemment parce que la mort qu'on peut
trouver dans les flots n'eſt ni glorieuſe,
ni digne d'un Héros.

Pour être d'autant plus convaincu de

F 6

la fageſſe de notre célébre Animal, il ne
faut que lire la Mythologie des Anciens.
On y voit que les Géans ayant réſolu d'eſ-
calader le Ciel, & d'en chaſſer Jupiter
& tous les autres Dieux, entaſſerent montagnes ſur montagnes, pour venir à bout
de leur coupable deſſein. Déja deux de
ces fameux Téméraires avoient chacun
un pied dans le Ciel ; déja tous les Dieux
timides & épérdus s'étant ſauvés en Egyp-
te, y avoient pris les formes les plus bizarres, pour ſe dérober à la fureur de ces
fiers Ennemis. Il ne reſtoit plus dans le
Ciel que Jupiter, qui ſe débattoit le mieux
qu'il pouvoit avec ſes foudres & l'Aſne
de Silene. C'étoit fait de la troupe im-
mortelle ; c'étoit fait peut-être de Jupiter lui-même, ſi cet Aſne intrépide &
ſenſible au malheur dont le Ciel étoit menacé, ne ſe fût mis tout d'un coup à braire de toute ſa force. (*a*) Ses cris per-

(*a*) Herodote, *l.* 2. dit que les Perſes étoient
montés ſur des Aſnes en une bataille contre les
Scythes, qui ne connoiſſoient point ces animaux,
dont on ne voit aucun dans leur pays, qui eſt trop
froid ; & que les Aſnes s'étant mis à braire dans
le fort de la bataille, les Chevaux ſur leſquels les
Scythes étoient montés, qui n'avoient jamais entendu de pareils cris, en furent épouvantés, & prirent la fuite ; ce qui mit l'armée des Scythes en
déroute, & donna l'avantage aux Perſes.

çans & extraordinaires , aufquels les Géans ne s'attendoient pas , jetterent une telle épouvante dans le cœur de ces Audacieux , qu'effrayés & déconcertés , ils fe culbuterent les uns fur les autres ; & il fut facile au grand Jupiter , dans un pareil défordre , d'achever de les écrafer à coups de foudres. Pour prix d'un . fi grand bienfait , cet illuftre Animal fut placé parmi les Conftellations après fa mort.

Cette même Mithologie nous apprend que la Déeffe Vefta s'étant un jour endormie fur l'herbe , Priape , ce Dieu lubrique & infâme , crut avoir trouvé le moment favorable où il pourroit facilement contenter des défirs qui avoient toujours été fagement rebutés : il fe mettoit en devoir de les fatisfaire , & il auroit infailliblement fait violence à la vertu de cette bonne Déeffe , fi un Afne qui paifloit par hafard à quelque peu de diftance du lieu où elle dormoit, ne l'eût tout d'un coup réveillée par fes cris , & détourné par ce moyen les infâmes deffeins de cette infolente Divinité. (*a*)

Cette avanture étoit caufe qu'à Rome , aux Fêtes de la Déeffe Vefta , on pro-

(*a*) On facrifioit à caufe de cela l'Afne à Priape.

menoit par les ruës , des Afnes couronnés
de fleurs avec des pains pendus à leurs
coûs ; (*a*) & rien n'étoit plus curieux que
de voir ces vénérables Animaux ainfi parés , marcher avec une gravité qui charmoit tous ceux qui les voyoient paffer.

L'Auteur du Livre *De Quadrupedibus* ,
dit à l'article *De Afino* , que l'Afne a naturellement tant d'averfion pour les mé-
chans , que quand il apperçoit un Loup ,
il tourne la tête auffi-tôt , pour ne le pas
voir , & marche en regardant d'un autre
côté.

Si cet Auteur nous donne des exemples
de la haine que l'Afne porte aux mé-
chans , Valere Maxime nous en fournit
un autre de l'amitié qu'il a pour les honnêtes gens , & pour ceux qui font injufte-
ment perfécutés. Marius qui par fon feul
mérite s'étoit élevé aux premieres Charges de la République Romaine , ayant
été , dit ce célébre Auteur , déclaré ennemi de la République par un injufte
Décret du Sénat , alla fe cacher dans la
maifon d'un Particulier à Minturnes , (*b*)
où il ne fut pas plûtôt arrivé , qu'il vit

(*a*) Apud Romanos Afellum Veftalibus facris
in honorem pudicitiæ confervatæ panibus coro-
nant. *Lactantius.*

(*b*) Ville d'Italie.

un Afne, qui fans vouloir toucher à ce qu'on lui préfentoit à manger, courut précipitamment vers un endroit où il y avoit de l'eau, en affectant de regarder Marius. Ce grand Homme frappé de ce qu'il voyoit, & augurant par-là que cet avifé Animal l'avertiffoit du parti qu'il devoit prendre, conjura une troupe d'amis qui étoient venus fe rendre auprès de lui, de vouloir bien l'efcorter jufqu'au Port de Mer le plus proche, où ayant trouvé un vaiffeau prêt à faire voile, il s'embarqua, paffa vîte en Afrique, & évita par cette fuite falutaire que lui avoit confeillé l'Afne, de tomber entre les mains de Sylla fon compétiteur & fon ennemi juré, qui avoit détaché une troupe de gens de guerre, qui l'euffent infailliblement pris, s'il eût demeuré une heure de plus à Minturnes.

Nous lifons auffi dans Ammien Marcellin (*a*) un trait fingulier d'un Afne, qui du tems de l'Empereur Julien l'Apoftat, monta en plein jour fur le tribunal de la Ville de Pyftoye, (*b*) où il fe mit à rugir comme un Lion ; ce qui préfageoit, infinuë cet Auteur, l'élévation qui s'enfuivit bientôt de Terentius, qui avoit été Bou-

(*a*) L. 27. *ch.* 2.
(*b*) Ville d'Italie.

langer, à la Charge de Juge de cette Ville,
dans laquelle il fe comporta avec beaucoup d'infolence & de cruauté. (*a*)

En vain l'on voudroit donner atteinte
à la réputation de l'Afne. Les reproches
qu'on lui peut faire font ou malfondés,
ou bien peu de chofe, qui n'empêche-
ront jamais qu'il ne foit, fans contredit,
le plus utile & le plus vertueux des animaux. Je crois vous l'avoir fuffifamment
prouvé. Mais avant que de finir, permettez-moi de vous faire part de ce que
j'ai lu dans un Auteur digne de foi, qui
vous fera connoître que bien loin que
l'Afne foit ftupide, comme on le dit ordinairement, il eft fort fpirituel au contraire, & capable plus qu'aucun autre
Animal d'apprendre des gentilleffes, &
de faire les tours de foupleffe les plus
agréables & les plus divertiffans, fi l'on
vouloit fe donner la peine de l'inftruire.
Et de peur qu'on ne m'accufe peut-être
d'exagerer, je rapporterai les propres termes d'un Auteur, témoin oculaire, dont
j'ai oublié le nom, & que j'ai copié mot
pour mot. Voici comme il parle.
» Bebelloch eft un grand Fauxbourg,
» diftant des murailles du grand Caire

(*a*) Songer d'Afne parmi les Grecs, fignifioit
bonheur.

»d'environ un mille, & contient trois
»mille Feux. Il y a plufieurs Marchands
»& Artifans; enfemble une grande Pla-
»ce, où fe voit un très ample Palais &
»merveilleux College édifié par un Mam-
»meluc appellé Jazbachia, qui fut Con-
»feiller d'un ancien Soudan, & de fon
»nom la Place a été appellée Jazbachia.
»En ce lieu-là quand la priere eft finie,
»tout le peuple a coutume de s'affembler,
»parce qu'il y a dans ce Fauxbourg plu-
»fieurs chofes deshonnêtes, comme Ca-
»barets & Femmes publiques. Là, fe re-
»tirent femblablement plufieurs Bate-
»leurs, fur tout ceux qui font danfer les
»Chameaux, Afnes, & Chiens; chofes
»certes qui apportent grande délectation
»aux affiftans, & principalement le paffe-
»tems de l'Afne; parce qu'après l'avoir
»fait quelque peu danfer, l'un de ces Ba-
»teleurs par maniere de devis, commen-
»ce à ufer d'un tel langage : Maître Afne,
»le Soudan a délibéré de faire demain fes
»apprêts, & jetter les fondemens d'un
»très bel Edifice ; & pour ce, il veut
»employer tous vos femblables qui font
»dans le Caire, & entend qu'entre les
»autres, comme le plus brave & le mieux
»expérimenté, vous y travailliez des pre-
»miers à porter les pierres, chaux, &c.

» Lors en un inſtant l'Aſne ſe laiſſe tom-
» ber par terre, les pieds en haut, s'enfle
» le ventre, cligne les yeux, comme s'il
» alloit mourir. Cependant le Bateleur ſe
» lamente piteuſement , & ſe plaint à
» l'Aſſemblée d'avoir ainſi perdu malheu-
» reuſement ſon Aſne, priant la Compa-
» gnie de vouloir bien lui donner de quoi
» en acheter un autre. Mais il n'a pas plû-
» tôt achevé ſa quête, qu'il commence
» d'avertir les gens préſens qu'ils ne pen-
» ſent point que ſon Aſne ſoit mort; par-
» ce que le ruſé, dit-il, connoiſſant fort
» bien que ſon Maître eſt néceſſiteux,
» feint le mort, pour mieux joüer ſon
» perſonnage, & induire le peuple à com-
» paſſion, & à lui donner de quoi acheter
» de l'avoine : puis ſe tournant vers l'Aſ-
» ne, lui commande de ſe lever; à quoi
» ne voulant entendre, & ne ſe remuant
» point, le Bateleur commence à le ca-
» reſſer & à l'étriller à bons coups de bâ-
» ton, ſans que pour cela l'Aſne remuë
» tant ſoit peu : après quoi il change de
» langage, & dit : Meſſieurs, je veux bien
» vous faire entendre que le Soudan a fait
» publier à ſon de trompe que tout le peu-
» ple du Caire ait à ſortir demain au ma-
» tin pour l'accompagner en ſon triom-
» phe, & que toutes les gentilles Femmes

» & belles Dames viennent le voir en fa
» pompe & magnificence, montées fur des
» Afnes, à qui elles donneront bonne me-
» fure d'orge, & de l'eau du Nil. A peine
» a-t-il fini, que Maître Baudet commence
» à fe dreffer fur fes pieds, & s'efcarmou-
» chant le plus dextrement qu'il peut, fait
» une grande bravade, fe montrant rece-
» voir un contentement fort grand, le-
» quel eft interrompu par les paroles du
» Bateleur, qui lui dit : Un des Chefs de
» la Ville par malheur m'a demandé à em-
» prunter mon petit Mignon, pour por-
» ter fa Femme, qui eft une Vieille la
» plus fauffe, dépiteufe, & difforme qu'on
» fçauroit choifir entre un million. A ce
» propos l'Afne, comme fi la Nature lui
» avoit donné quelque entendement de
» furcroît, commence à baiffer les oreil-
» les, chopper, & feindre l'eftropié, dont
» le Maître fe prend à lui dire : Les jeu-
» nes tendrons te plaifent donc, à ce que
» je vois ? Et l'Afne, en baiffant fa lourde
» tête, femble y confentir, & dire oüi.
» Or fus, dit le Maître, il y en a plufieurs
» jeunes, fraîches, & délicates ; choifis
» celle qui t'eft plus agréable. L'Afne en
» tournoyant, fait enforte qu'il s'adreffe
» droitement là où font les Femmes, con-
» temple ce fpectacle, & ayant choifi la

» plus honorable, s'adreſſe à elle , & la
» touche de la tête. Alors avec une grande
» riſée, un chacun commence à crier en
» gaudiſſant : Ho , ho , ho , la Dame , la
» Favorite de Maître Baudet. Cela fait , le
» Bateleur monte deſſus ſon Aſne , pour
» s'en aller ailleurs.

Après des marques ſi inconteſtables de
l'intelligence & de l'adreſſe de l'Aſne ,
diſpenſez-moi de vous parler de celui
qui avoit un goût ſi merveilleux pour la
Muſique , & qui s'arrêtoit pour écouter
ceux qu'il entendoit joüer de la lyre ou
de quelque inſtrument agréable ; d'où
vint le proverbe *Aſinus ad lyram* ; & de
cet autre , qu'on dit compagnon du ſça-
vant Origenes & du ſubtil Porphire ,
avoir été autrefois écouter les doctes leçons du célèbre Ammonius (*a*) d'Alexan-
drie , & qui par ſon aſſiduité & ſa modeſtie en claſſe étoit l'exemple de tous les

(*a*) *Sixt. in Biblioth. lib. 4. in Ammon.*
Ammonius , autre Sçavant , qui a fleuri ſous
l'Empire d'Anaſtaſe , avoit un Aſne d'un goût
déclaré pour la Poëſie ; car il aimoit mieux ne
pas toucher à la nourriture qu'il avoit devant
lui , & ſouffrir la faim , que d'interrompre ſon
attention à la lecture d'un Poëme qu'il entendoit réciter. *Photius , in Biblioth. n. 242. pag.*
1040. & Diction. Critique de Bayle , au mot Ammonius.

Ecoliers ſes Confreres. (*a*) Diſpenſez-
moi de vous parler des avantures qu'eut
Lucien ſous la figure d'un Aſne , & de la
métamorphoſe d'Apulée , qui ne fut digne
d'être Prêtre de la Déeſſe Iſis , comme il
le dit lui-même , qu'après avoir été auparavant changé en Aſne.

J'abuſerois de la patience de mes Lecteurs , & je n'aurois jamais fait ſi je voulois rapporter tout ce qui peut contribuer
aux loüanges d'un ſi parfait Animal, Je
finis donc , en priant ceux qui liront cet
Eloge , de ne plus ſe ſcandaliſer dans la
ſuite quand on leur dira qu'ils ſont des
Aſnes , puiſque des Philoſophes , & pluſieurs des plus illuſtres Familles de Rome
n'ont pas rougi d'être ainſi appellés , &
que c'eſt la marque la moins équivoque
qu'on a mille vertus , qui ſe trouvent ra-
rement dans ces hommes qui ſe croyent
un Génie ſublime & éclairé. Dégagés de
toute prévention , apprenons à juger plus
ſainement des choſes , & à reſpecter dé-
ſormais un Animal qui nous reſſemble par
nos meilleurs endroits , & qui n'a aucun
de nos défauts.

(*a*) Ce n'eſt pas d'aujourd'hui , comme on
voit , que les Aſnes vont en Claſſe.

REMARQUES.

LE Pere Tellez, liv. 1. ch. 14. de son Histoire d'Ethiopie, dit qu'on y voit des Asnes qui sont fort beaux, & qu'ils sont marqués par tout le corps de plusieurs cercles de couleur noire & cendrée, mais si belle, qu'il n'y a point de Peintre qui puisse l'imiter. Il ajoute que cet animal est très cher ; qu'un Empereur d'Ethiopie en ayant donné un à un Seigneur Turc, celui-ci le vendit deux mille écus de Venise, à un Indien qui en vouloit faire présent au Grand Mogol. Il assure que la chair en est fort bonne.

Pour avoir de bons Mulets, il faut choisir une Cavale qui n'ait pas moins de quatre ans, & qui n'en ait pas plus de dix.

Plutarque, dans la Vie de Caton, parle d'une Mule, digne race de l'Asne, qui ayant rendu de longs services au Peuple d'Athenes, fut exemtée du travail, avec la liberté d'aller paître où elle voudroit ; mais pour n'être pas tout-à-fait inutile, elle alloit se mettre au-devant des chariots, & encourageoit à sa façon les Bêtes de somme qui les tiroient ; ce qui fut cau-

ſe qu'on ordonna qu'elle fût nourrie toute ſa vie aux dépens du Public.

Un nommé Martin étoit Abbé d'une
Abbaye en Italie, nommée Aſello; il avoit
fait écrire ſur le portail de ſa maiſon :

* *Porta patens eſto. Nulli claudaris honeſto.*

Mais l'Ouvrier par mégarde, ou par ignorance , avoit mis le point après le mot
Nulli.

Porta patens eſto nulli. Claudaris honeſto.

Ce qui donnoit au Vers un ſens tout contraire. Le Pape paſſant par-là , fut indigné
de cette incivilité de l'Abbé , & le priva
de ſon Abbaye. Son ſucceſſeur fit réfor-
mer la mauvaiſe ponctuation de ce Vers ,
auquel on ajouta le ſuivant :

Uno pro puncto caruit Martinus Aſello.

Mais à cauſe qu'*Aſello* en Italien ſignifie
un Aſne , on a ainſi tourné le proverbe :
Pour un point Martin perdit ſon Aſne ;

* Ce Vers avec le point mis après *eſto* , vouloit
dire : Que cette porte ſoit toujours ouverte ; ſur
tout qu'on ne la ferme jamais aux gens de bien :
Mais le point étant mis après *nulli* , ſignifioit au
contraire : Que cette porte ne ſoit ouverte à perſonne , & qu'elle ſoit fermée aux gens de bien.

au lieu de dire, son Abbaye d'Asello.

Les longues oreilles qu'on reproche à l'Asne lui ont été données pour lui conserver une perfection que nous voudrions posseder dans le même dégré que lui. L'Asne a, dit-on, le sens de l'oüie le plus fin & le plus subtil après la Souris, & on prétend que ses longues oreilles y contribuent beaucoup. C'est pour cela que les Poëtes, dont les rêveries renferment souvent tant de bon sens, ont feint que Midas avoit des oreilles d'Asne, parce que par sa pénétration, & au moyen du grand nombre d'espions qu'il entretenoit & payoit bien, il entendoit, ou pour mieux dire, il sçavoit tout ce qui se disoit dans son Royaume & chez ses voisins. A ce compte on devroit souhaiter d'avoir des oreilles d'Asne ; & au lieu de dire avec Perse,

Auriculas Asini quis non habet ?

Il faudroit dire avec Passerat :

Auriculas Asini quis sanus nolit habere ?

§. Observation

§. Obfervation de M. C o c l e t,
Auteur de l'Ecrit précédent.

JE fçai qu'il y a, dans les Livres Saints,
plufieurs endroits favorables au fujet que
je traite ici ; mais je me fuis fait un fcrupule, & avec raifon, d'employer dans un
Ouvrage qui paroît peu férieux, des témoi-
gnages facrés & refpectables, pour lefquels
on ne fçauroit avoir trop de vénération. Si
quelqu'un trouvoit à redire que je me fuffe
amufé à faire l'éloge de l'Afne, je fuis bien-
aife d'apprendre à ce quelqu'un, s'il ne le
fçait pas, que Cornelius Agrippa, Heinfius,
Pafferat, & la Mothe le Vayer l'ont préco-
nifé avant moi. Y auroit-il de la honte à
marcher fur les pas de ces grands Hommes ?

ODE sur le tems présent.

Par M. DE VOLTAIRE.

24 Juin 1742.

Fille de ces Héros que l'Empire eut pour Maî-
    tres ,
Digne du Trône auguste , où l'on vit tes Ancê-
    tres
Toujours prêts de leur chute , & toujours affer-
    mis ,
    Princesse magnanime ,
    Qui jouis de l'estime
    De tous tes ennemis :

Le Français généreux , si fier , & si traitable ,
Dont le goût pour la gloire , est le seul goût du-
    rable ,
Et qui vole en aveugle où l'honneur le conduit ,
    Inonde ton Empire ,
    Te combat & t'admire ,
    T'adore & te poursuit.

Par des nœuds étonnans l'altiére Germanie;
A ses puissans rivaux malgré soi réunie,
Fait de l'Europe entiere un objet de pitié;
  Et leur longue querelle
  Fut cent fois moins cruelle,
  Que leur triste amitié.

✼✿✼

Quoi, des Rois bienfaisans ordonnent ces ravages!
Ils annoncent le calme ! ils forment les orages !
Ils prétendent conduire à la félicité,
  Les nations tremblantes,
  Par les routes sanglantes
  De la calamité!

✼✿✼

O Vieillard * vénérable, à qui les destinées
Ont de l'heureux Nestor accordé les années,
Sage, que rien n'allarme, que rien n'éblouit,
  Veux-tu priver le monde
  De cette paix profonde
  Dont ton ame jouit :

✼✿✼

Ah, s'il pouvoit encore, au gré de sa prudence,
Tenant également le glaive & la balance,
Fermer, par des ressorts aux mortels inconnus,
  De sa main respectée,

* *M. le Cardinal de Fleuri.*

G 2

La porte enfanglantée
Du Temple de Janus !

⚙️

Si de l'or des Français les fources, égarées,
Ne fertilifoient plus de lointaines contrées,
Rapportoient l'abondance au fein de nos rem-
     parts,
     Embéliffoient nos Villes,
     Arrofoient les aziles,
     Où languiffent les Arts !

⚙️

Beaux Arts, enfans du Ciel, de la paix & des gra-
     ces,
Que Louis en triomphe amena fur fes traces,
Ranimez vos travaux fi brillans autrefois,
     Vos mains découragées,
     Vos Lires négligées,
     Et vos tremblantes voix !

⚙️

De l'immortalité vos fuccès font le gage :
Tous ces Traités rompus, & fuivis du carnage ;
Ces triomphes d'un jour, un moment célébrez ;
     Tout paffe, & tout retombe
     Dans la nuit de la tombe,
     Et vous feuls demeurez.

⚙️

¶ *VERS d'un Poëte se disant fille, com-*
posés au sujet d'un Entretien sur la Nuit.

Timide raisonneur, dévot Phisicien,
    Pauvre * * que tu t'abuses,
    Lorsque, dans un froid entretien,
Tu dis que de la nuit l'unique & plus grand bien,
    C'est de dormir! nous prends-tu pour des buses?
Toi, peut-être, excepté, tout le monde connoît
Que la nuit fort souvent devient très-nécessaire,
    Dans les misteres de Cithere :
Une Belle consent, sa fierté disparoît :
Enfin l'obscurité rend l'Amant téméraire :
    Et dans les festins de Bacchus,
Naît de la nuit le bien de ne se gêner plus.
Sur le teint des Beautés, dans des traits fins &
        doux,
Les partisans de l'ombre, indulgens, non jaloux,
Ne vont point, au travers d'un prisme trop sincere,
Séparer des couleurs dont l'union sçait plaire.
La nuit, cet heureux tems, n'est celui du repos
Que pour les malheureux surchargés de travaux :
Pour les gens délicats c'est l'instant où tout brille ;
L esprit, les agrémens, le plaisir, tout pétille.
    Pour toi, qui n'y vois que des maux,
Qui ne sçais que bénir, qui toujours t'y restrains,
    Pauvre * * que je te plains !

                G 3

Mais j'ai tort, vas dormir ; on ne peut dans la vie
Etre heureux qu'à sa fantaisie.

§ Je pense que si mes Lecteurs trouvent cette
piéce plus voluptueuse que raisonnable, ils con-
viendront aussi, par leur propre expérience, que
les femmes sont des Physiciennes peu amoureu-
ses des spéculations stériles, & qu'elles sçavent
mieux remplir, par sentiment, les intentio s de
la Nature, que tous ses plegmatiques observa-
teurs qui n'y voyent goute.

§ *EXTRAIT* d'une *Lettre écrite par*
J. LE POIL, *à M.* ***.

C'Est assûrément quelque chose de fort
plaisant : J'ai la plume en main, &
je ne sçais que vous écrire. Toutes mes
idées se disputent le pas, & chacune veut
avoir la préférence.

Tels qu'on voit de jeunes Moutons,
Impatiens du pâturage,
Vouloir à la fois, trop gloutons,
Passer de l'Etable au fourage ;
L'un sur l'autre, comme en festons,
Eux-mêmes bouchent leur passage :
A la porte, par pelotons,
Demeure l'ardent assemblage
De ces affamés piétons.

C'eſt, Monſieur, le cas où je me trouve. Si faut-il, ſelon la raiſon & la juſtice, que vous ayez les prémices de mon ſtile épiſtolaire. A propos, j'ai un pardon à demander, & qui plus eſt, à obtenir. L'homme fait des fautes ; l'honnête-homme les reconnoît, les répare, & ſollicite ſa grace le plûtôt qu'il peut. Je vous ſupplie donc, Monſieur, d'excuſer un oubli Bachique qui m'a dérobé la partie de votre campagne de V * *. Je m'en faiſois un plaiſir infini ; mais la veille je ſoupai avec cinq ou ſix Yvrognes.

⁕

Et cette Scéne fut ſi vive,
Que le matin rentrant chez moi,
Mon eſtomac fit la leſſive ;
Avanture, qui, ſur ma foi,
Jamais, non, jamais ne m'arrive.
Dans mon lit donc je me tiens coi,
Et la cervelle en déſaroi ;
Juſqu'à tems qu'on criât, qui vive ?
Lors crachotant blanche ſalive,
Et le teint tout couleur d'olive,
L'Yvrogne ſe dit à part ſoi :
Mais, n'as-tu pas reçu miſſive ?
J'en conviens, & je ſçais pourquoi :
Mais l'heure eſt un peu trop tardive ;
Le ſommeil eſt ſourd à la Loi.

Ainſi , ne ſois plus en émoi ,
Si ma mémoire laxative
Ne m'a point fait penſer à toi ;
Mon idée , en ce tems rétive ,
M'auroit fait oublier le Roi.

Voilà le fait ; certes il n'eſt pas à mon honneur & gloire : Néanmoins , ſi vous êtes de même caractère que moi, vous accorderez bientôt rémiſſion au crime de leze-parole, dont je ſuis atteint & convaincu. Je prens la liberté de ſaluer Madame de .... La Providence qui ſe ſert de toutes ſortes de voyes pour ſauver ſes Elus , a peut-être permis un petit mal pour en empêcher un plus grand.

C'eſt pour mon ſalut que les Dieux ,
Qui ne m'ont donné cœur de roche,
M'ont fait fuir ces champêtres lieux
Où mon ame eût reçu taloche :
Quand d'un minoi ſi gracieux
Trop imprudemment on s'approche ,
Maint atome victorieux
En réjaillit , & vous accroche :
Pour réſiſter à ſes beaux yeux ,
Faudroit avoir la Grace en poche.

Salut très-humble & très-cordial à tous les aimables Convives. Je ſuis, M. &c.

LETTRE

D'UN HOLLANDAIS,

A UN BOURGEOIS

DE FRANCFORT,

SUR L'ELECTION DU GRAND DUC DE TOSCANE.

VOus m'aviez promis, Monſieur, de m'inſtruire exactement de tout ce qui ſe paſſeroit dans votre Ville, au ſujet de l'Election de l'Empereur. Vous avez très-bien rempli votre engagement, & je vous en remercie de tout mon cœur. Toutes vos Relations m'ont fait un honneur infini. Elles ont toujours été accompagnées de cette ſimplicité qui fait le caractère de la vérité. Il n'y en a pas une ſeule qui paroiſſe écrite, non ſeulement par un Partiſan déclaré, mais pas même par un homme prévenu. Comme vos Lettres ont attiré chez moi un grand nombre d'honnêtes gens, & qu'il étoit permis à chacun de mettre en avant ſes réfléxions, j'en ai recueilli quelques-unes. Je

G 5

vais vous en faire part, & j'espére que vous voudrez bien les recevoir pour l'acquit d'une partie de ma reconnoissance.

A bien examiner tout ce qui s'est passé à Francfort pendant environ un mois avant l'Election, l'on trouvera que l'Assemblée qui s'y formoit, avoit plûtôt l'air d'une Ligue composée de factieux, que d'un concours de Ministres disposés à réünir leurs sentimens. A mesure que chacun d'eux arrivoit, tous les autres étoient d'un empressement étrange à sçavoir de quelles instructions il étoit chargé. On ne tardoit pas à en être instruit. Ces pratiques secrettes & ouvertes avec les autres Ministres déclarés pour une faction, faisoient aisément connoître de quel côté il étoit disposé à faire pancher la balance.

C'est ainsi que lorsque chacun des Ambassadeurs de Saxe est arrivé, ceux de Bohéme & ceux de Mayence, qui ne cessoient d'appréhender qu'on ne changeât de disposition à Dresde, se sont trouvés, pour ainsi dire, à leur rencontre, afin de sonder les opinions dont ils étoient dépositaires. Les Ministres de Baviere, qui auroient pu trouver mille raisons meilleures les unes que les autres de changer de vuës, étoient obsedés jour & nuit. On les gardoit à l'œil, ils auroient à peine pu trouver le tems & le moyen de conférer en particulier avec les Miniſtres des Puiſſances ſuſpectes, ou déclarées contraires.

Enfin l'Electeur de Mayence, comme un Roi de Théâtre qui paroît ſur la Scene pour exercer une ridicule autorité à laquelle on eſt auparavant convenu d'obéir, fait une pompeuſe Entrée dans Francfort.... De qui l'a-t'on vu environné pendant tout le ſéjour qu'il y a fait ? A-t'il été acceſſible pour tous les autres Miniſtres que pour ceux de ſa faction ? A-t'il été permis à ceux de Brandebourg & du Palatinat de conférer un peu paiſiblement avec lui ? Le jour de l'Election venu, on l'a vu, comme un Chef de Brigade qui ſe met à la tête de ſa Troupe pour marcher au pillage, s'avancer vers le Temple, & y conjurer la Divinité de l'inſpirer ſur une affaire, touchant laquelle il avoit pris une réſolution qu'il étoit déterminé à ſoutenir les Armes à la main. De bonne foi, n'eſt-ce pas là joüer Dieu, la Religion, & les hommes ?

Vous voyez, Monſieur, que je ne fais preſque que l'Extrait de ce que vous m'avez écrit, & de ce que tout le monde publie. Voilà donc le Grand Duc élu Empereur. Sa Cabale triomphe, & commence

déja, par mille extravagances, à faire éclater une folle joye. Ne fera-t'elle point
d'une courte durée ? Je ferai fort trompé
fi les Allemands ne gémiffent dans peu
fous le joug qu'ils viennent de s'impofer,
& s'ils n'ont mille raifons de fe répentir
du choix qu'ils ont fait.

Examinons fans paffion le fujet qu'ils
ont préféré. Le Grand Duc eft iffu d'une
des plus anciennes Maifons de l'Europe.
L'on ne conteftera jamais qu'il n'y ait eu
des Empereurs de beaucoup moindre origine. Mais celui-ci a-t'il, outre la naiffance, les qualités requifes pour cette
fuprême dignité ? Je ne prétens point
parler des qualités perfonnelles : Son
Epoufe fupplée fort bien à celles qui lui
manquent.

Suivant la Bulle d'Or, qui jufqu'à préfent a été la Régle du Corps Germanique
dans toutes fes démarches, il faut que le
Sujet que l'on veut placer fur le Trône de
l'Empire, foit confidérablement poffef-
fionné dans l'Empire même, & qu'il ait
un revenu fuffifant pour foutenir fa dignité, fans être à charge au Corps Germanique. Or quelles font les poffeffions
du Grand Duc ? Tout le monde fçait qu'il
n'a rien, ou prefque rien dans l'Empire.
Il eft vrai que l'Autriche, la Bohéme & la

Hongrie, sont sous la domination de sa
Femme, mais il n'a pas pour cela le moindre droit sur tous ces héritages ; en sorte
que si sa Femme mouroit, tous ces biens
seroient possedés par son Fils, sans qu'il
en pût prétendre autre chose que l'admi-
nistration, en qualité de Régent, jusqu'à la Majorité de cet Enfant ; & en ce
cas, je demande avec quels revenus il
soutiendroit la dignité Imperiale ?

Il faut convenir que cet incident peut
être éloigné, ou même ne point arriver
du tout. La Reine de Hongrie est jeune ;
elle joüit d'une bonne santé & d'un fort
tempérament ; ainsi le Grand Duc peut
être encore long-tems riche des revenus
de sa Femme. Cela est vrai, mais elle ac-
couche tous les ans ; & quels dangers ne
doit-on pas toujours appréhender de la
fécondité d'une jeune femme ?

Il ne manque pas de gens qui s'imaginent que le Grand Duché de Toscane lui
suffiroit en ce cas, & que ses revenus
montent au-delà de ce qui est requis par
la Bulle d'Or. Il est bien vrai que ce Pays
seroit suffisant ; mais le Grand Duc deve-
nant Empereur, il cesse de le posseder, à
moins qu'il ne fasse un accord avec le
Prince Charle son Frere. Tout le monde
publie, que par le Traité d'échange de la

Lorraine pour la Toscane, le Grand Duc
s'est engagé à mettre son Frere en posses-
sion du Grand Duché, en cas que les suffrages des Electeurs se réünissent pour l'é-
lire Roi des Romains. Le voilà bien ou
mal élu ; il doit donc cesser de joüir de la
Toscane ; & je reviens encore à demander où sont les revenus de ce nouvel Empereur ?

Lorsque le feu Empereur Charle VII
fut élu, l'on ne jugea pas qu'il fût assez
puissant pour soutenir l'éclat que demande la dignité de Chef de l'Empire. L'on
s'arma pour faire valoir ses droits sur
quelques portions de l'héritage Autri-
chien, afin de lui procurer un revenu
convenable que ne pouvoit pas lui fournir la Baviere & toutes ses dépendances.
Que le Corps Germanique prenne donc
aussi les Armes à son tour, pour enrichir
celui-ci ; ce sera avec plus d'apparence de
raison, parce qu'il est beaucoup moins
riche que son Prédécesseur. Mais de quelles dépoüilles le pourroit-on enrichir ?
Tous les Voisins sont sur leurs gardes, &
paroissent assez forts pour se défendre
contre les entreprises que l'on voudroit
former sur leurs possessions.

Il faudra, sans doute, que les Electeurs
prennent le parti qu'ont pris le mois der-

nier quelques Ouvriers de Mayence, qui, en s'enyvrant dans une taverne, s'aviserent d'élire entre eux un Empereur. Ils en vinrent au Scrutin, & il se trouva que le plus grand nombre avoit donné son suffrage au plus gueux de la Troupe. L'on étoit convenu que celui qui seroit élu, payeroit pour tous les autres. L'on en reconnut l'impossibilité. Ce comique Empereur n'étoit pas même en état de payer sa dépense particuliere. Il fallut donc que ceux qui l'avoient élevé à la suprême dignité se cottisassent & payassent pour lui. C'est à quoi ils se condamnerent eux-mêmes, en s'appercevant trop tard de la sottise qu'ils avoient faite.

Je serai fort trompé, Monsieur, & plusieurs personnes le feront avec moi, si nos Electeurs ne se trouvent dans le même cas. Ils voudront sans doute soutenir leur démarche ; & pour ne pas paroître avoir fait un mauvais choix, ils aimeront mieux faire tous les frais de la Guerre qu'elle va occasionner, que de revenir sur leurs pas, & procéder à une Election plus raisonnable.

Mais ce n'est pas seulement par le choix d'un Sujet incapable par lui-même de prétendre à la Couronne Impériale, que l'on enfreint visiblement les Constitutions de

l'Empire ; on s'en est encore écarté par
plusieurs manques de formalités, qui four-
niront des raisons très-plausibles aux Puis-
sances de l'Europe de méconnoître le nouvel Empereur , sans que pour cela on les
puisse accuser de mauvaise humeur.

Contre toutes les régles établies par la
Bulle d'Or , l'on a rétabli la voix de Bohéme qui avoit été supprimée à la derniere Election , afin de grossir à celle-ci le
nombre des suffrages. Qui est-ce qui ignore que, pour déroger à la moindre des régles de cette Bulle , il faut nécessairement
le consentement unanime des Electeurs ?
Il s'étoit trouvé dans la suppression du
suffrage de Bohéme , n'étoit-il pas aussi
absolument requis pour son rétablisse-
ment ? D'ailleurs en quels Sujets a existé
la voix de Bohéme ? Par qui ont été en-
voyés les Ambassadeurs dépositaires du
suffrage ? C'est sans contredit par la Reine
de Hongrie , Reine , & sans doute Electrice de Bohéme. Singuliere dignité dans
l'Empire , qui assurément ne se trouvera
établie par aucune de ses Constitutions !
A-t'on jamais entendu dire jusqu'à ce
jour qu'on ait admis une femme dans le
Collége Electoral ? Le nom d'*Electrice* a
été donné à la vérité aux femmes des
Electeurs ; mais il est inoui qu'il leur ait

jamais apporté le droit de voter dans les Elections.

Cependant ce suffrage de Bohéme pourroit encore avoir quelque espéce de force, moins sujette à contestation, si les Ambassadeurs qui l'ont donné eussent été députés par une Assemblée générale des Etats du Royaume ; mais on sçait qu'ils n'ont reçu de pleins pouvoirs que de la seule Reine de Hongrie, & qu'il n'a été question d'aucune Assemblée, encore moins d'aucune députation des Etats de Bohéme.

Voilà donc un suffrage, qui étant donné par des Ambassadeurs qui n'avoient aucun droit d'assistance à la Diette, devient nul & de nulle valeur : pensez-vous que celui de Baviere, qui a été forcé, doive avoir beaucoup plus de poids ?

Depuis l'accommodement fait entre les Cours de Munich & de Vienne, l'on n'a cessé de publier qu'une des conditions du Traité étoit, que le Duc de Baviere donneroit son suffrage au Grand Duc de Toscane, à la prochaine Diette, pour l'Election d'un Empereur. On avoit de la peine à concevoir tant d'injustice de la part de la Cour de Vienne, & tant de foiblesse de la part de la Cour de Munich ; cepen-

dant on excufoit tout, à caufe des circonftances. Il eft fi naturel que l'ambition
dégénére en injuftice, & que la crainte
devienne foibleffe, qu'on ne fut prefque
pas furpris de ce monftrueux Traité. Outre cela l'on conferva l'efpérance, que le
Duc de Baviere fe voyant complice de
l'infraction fenfible des Loix de l'Empire,
reviendroit fur fes pas, & rétracteroit
une parole arrachée comme par la torture
& la violence des fupplices. L'on s'eft
trompé. Ce jeune Prince, fans expérience, a été fi mal fervi par fes Miniftres, &
fi conftamment obfedé par ceux de la
Reine, qu'il n'a pas même apperçu l'abîme dans lequel il s'étoit plongé. Il a rempli fes engagemens dans toute leur étenduë, & il a donné fans répugnance, comme fans réfléxion, un fuffrage qui lui
étoit arraché par l'artifice autant que par
la force.

De bonne foi, quel cas doit-on faire
d'un fuffrage ainfi extorqué ? N'eft-il pas
dit formellement dans la Bulle d'Or, que
tous les Electeurs doivent être libres,
pour que leur fuffrage foit de quelque valeur ? Où étoit donc la liberté du Duc de
Baviere ? Lié par un Traité folemnel,
quoique forcé ; menacé d'une ruine totale de fa Maifon, & de la confifcation de

tout fon héritage , peut-on dire qu'il a été
libre de voter pour le Sujet qu'il auroit
pû regarder comme le plus digne de la
Couronne , & le plus capable d'en porter
le poids ?

Quel cas doit-on encore faire des fuffrages de Mayence , de Tréves , & de Cologne , fi on veut les examiner de près ?
L'Électeur de Mayence , Partifan outré
de la Maifon d'Autriche , a témoigné en
toute occurrence , qu'il étoit réfolu de
concourir à en relever les reftes *per fas ac*
nefas , comme l'on dit , & de tout facri-
fier pour venir à bout de procurer la Couronne de l'Empire au Grand Duc. Ebloüi
par les préfens dont il étoit comblé , &
par les promeffes flatteufes d'une haute
élévation pour fa Maifon , non feulement
il s'étoit engagé à donner fon fuffrage ,
mais encore à réünir celui de quelques
autres Electeurs.

C'eft par une fuite de ces engagemens
qu'il n'a ceffé de faire luire l'Or , les Diamans, & les Perles aux yeux des Electeurs
de Tréves & de Cologne. En falloit-il davantage pour féduire des Prêtres ? Les flatter du bien de leurs Sujets , de la gloire
de l'Empire , & de l'intérêt du Corps Germanique , ç'eût été perdre fon tems ;
d'ailleurs , on ne pouvoit leur alléguer

aucune de ces raifons, parce qu'elles auroient été fans fondement : on l'a très-
bien reconnu ; auffi s'eft-on contenté de
leur montrer des Croix de Diamans, de
leur promettre des Evêchés, & de leur
affurer une faveur perpétuelle.

Tel a été le vrai mobile des démarches
de ces Electeurs. Ils n'ont écouté que leur
intérêt préfent & perfonnel ; & l'on eft
redevable à l'adreffe de la Reine de Hongrie de l'expérience funefte que l'Europe
vient de faire, qu'on ne frappe point en
vain aux portes de l'Eglife avec le mar-
teau d'or.

Voilà donc le fuffrage de Bohéme,
donné par des Miniftres non autorifés,
celui de Baviere extorqué par la violence
la plus manifefte ; & ceux de Mayence,
de Tréves, & de Cologne achetés à prix
d'argent & de promeffes. Il refte ceux
d'Hanover & de Saxe, dont je veux bien
ne dire mot, parce qu'ils ont aux yeux du
Public un air de liberté qu'ils n'ont cependant point au fond ; car il feroit aifé
de démontrer qu'ils ont été mandiés &
donnés plûtôt pour la conclufion d'une
Ligue, & pour le choix d'un Chef à cette
Ligue, que pour l'Election d'un Empereur.

Mais enfin, que peuvent ces deux fuf-

frages avec tout leur air de liberté, quand
ils font joints à cinq autres qui font évidemment de nulle valeur, étant contraires aux Loix de l'Empire ? Sera-ce donc
fans raifon que des Puiffances refuferont
de reconnoître l'Empereur élu par de tels
fuffrages ? Pour moi je foutiens, & je fuis
prêt à le prouver, que quand même le
Roi de Pruffe, l'Electeur Palatin, & autres Puiffances pourroient être amenées à
confentir que le Grand Duc fût Empereur, il faudroit néanmoins affembler
une nouvelle Diette, & procéder tout de
nouveau à l'Election ; celle qui a été faite
ne pouvant être regardée comme telle,
puifqu'elle manque de tout ce qui carac-
térife une Affemblée libre, & que la Diette où elle a été faite, ne peut être regardée
que comme un vrai brigandage.

Enfin, comme fi l'on eût voulu que
tout concourut à rendre cette Election
illégale, elle a été publiée long-tems avant
qu'on fût même affemblé. Les Médailles
frappées à Vienne ne prouvent-elles pas
bien clairement que la Reine de Hongrie
étoit affurée des fuffrages, & qu'on ne
s'affembloit que pour la forme ? Auroit-
on eu la témérité d'y infcrire cette Lé-
gende, *Francifcus Primus Imperator*, fi
on n'eût pas été affuré que les conven-

tions faites pour le prix de chaque suffrage auroient lieu ?

Ce seroit peu cependant, si en enfreignant les Loix de l'Empire, l'on eût au moins cherché son véritable intérêt. Il est quelquefois permis aux Souverains de s'écarter des Loix ordinaires, quand leurs intérêts l'exigent ; mais il s'en faut bien que cette raison se trouve dans la démarche que les Electeurs viennent de faire. Il est sensible que le vrai intérêt de l'Empire est de conserver sa liberté & d'abattre toute Puissance qui voudroit y donner atteinte. Chacun des Membres du Corps Germanique étant Souverain dans son Pays, ils ne peuvent, sans perdre le précieux trésor de leur indépendance, se donner un Maître qui exerce sur eux une autorité despotique & héréditaire dans sa Maison.

Qu'on examine à présent s'ils peuvent se flatter d'avoir encore cette liberté & cette indépendance dont ils font trophée ! La Maison d'Autriche, pendant une longue suite d'années, avoit regné sur eux. La vaste autorité, & les richesses immenses de cette Maison l'avoient mise en état de faire passer la Couronne Impériale successivement des Peres aux Enfans ; & au défaut d'Enfans, les Empereurs avoient eu assez de

crédit pour faire élire Roi des Romains,
dès leur vivant, des Princes de la Ligne
Collaterale de leur Maison. L'on gémif-
foit alors de ne pouvoir prendre d'autre
parti que celui d'obéir. L'on foupiroit
après l'heureux moment où l'on pourroit
fecouer le joug, & faire voir à l'Europe
étonnée de l'efclavage volontaire du Corps
Germanique, qu'il chériffoit encore fa liberté; & que s'il n'avoit pas affez de courage pour entreprendre de chaffer des Ty-
rans, il lui reftoit du moins affez de force
pour les empêcher d'ufurper la fouverai-
ne autorité, & de la perpétuer dans leur
Maifon. Ce tems étoit venu; on ne pouvoit en défirer un plus favorable, pour
faire renaître dans tous les cœurs des Ger-
mains l'amour de la liberté; mais par un
aveuglement, dont les fiécles paffés ne
nous ont point fourni d'exemples, bien
loin de profiter des circonftances, ils fe
font liés plus fervilement que jamais. Ils
ont confenti que la Couronne Imperiale
fût déformais héréditaire dans la Maifon
d'Autriche, non feulement pour les Enfans mâles, mais encore, à leur défaut,
pour les Femmes.

Je fçais qu'on ne manquera pas de publier, pour l'honneur du Corps, que ce
n'eft point un Prince de la Maifon d'Au-

triche que l'on a élu ; quoique cependant les Gazetiers, ceux mêmes qui sont gagés par cette Maison ; commencent à publier que les Maisons de Lorraine & d'Autriche sortent du même Tronc d'Hapsbourg. Cela peut être, & je n'entreprendrai point de réfuter cette opinion. Mais quand même il seroit notoire que la Maison de Lorraine est tout-à-fait différente de celle d'Autriche, il n'en seroit pas moins vrai qu'on r'ouvre pour toujours la route du Trône Imperial aux Descendans des Femmes de cette derniere Maison ; parce qu'on n'eût certainement pas songé à jetter les yeux sur le Grand Duc pour le faire Empereur, s'il n'eût été Mari de la Reine de Hongrie. Le Fils du nouvel Empereur ne porte d'autre nom que celui d'*Archiduc d'Autriche* ; tel sera celui de ses Descendans ; & on les verra monter sur le Trône à la faveur même de ce nom, quelqu'opposition qu'y apportent les Electeurs un peu plus attachés à leur liberté que les autres.

Il faut convenir que ce titre d'Electeur est aujourd'hui un titre bien vain. De quoi sert à ceux qui le portent d'avoir le privilége d'élire des Empereurs, s'ils ne peuvent refuser leurs suffrages à celui qui se présente comme le plus fort ? En vérité,

rité il est inconcevable qu'ils osent encore se glorifier d'une qualité qui ne leur est
plus qu'onéreuse, & qui les oblige de
fournir un contingent de Troupes & d'argent à un Empereur qui n'est point élu
par eux, mais qui s'élit en quelque façon
lui-même par la force & par l'artifice.
Après tout ce qui vient de se passer à Francfort, auroit-on lieu d'être surpris quand
on verroit le Roi de Prusse renoncer à la
qualité d'Electeur de Brandebourg?

Je sçais bien que le Marquisat de Brandebourg est un Fief relevant de l'Empire;
& que quand même le Roi de Prusse en
voudroit retrancher la qualité d'*Electorat*,
ce Pays n'en seroit pas moins obligé aux
Contingens : mais en premier lieu, ce
Contingent seroit beaucoup moindre ; en
second lieu, le Roi de Prusse ne manqueroit pas de solides appuis, qui l'aide-
roient à rompre tout engagement avec
l'Empire ; & enfin il est assez fort par
lui-même, pour briser les chaînes de son
esclavage, s'il n'est retenu que par les
seules forces de l'Empire.

Une considération qui rend le titre
d'*Electeur* bien onéreux, ou du moins
bien inutile au Roi de Prusse, c'est celle
de l'impossibilité qu'il y a qu'il parvienne
jamais, ni ses Descendans, au Trône de

Tome I.   H

l'Empire. Ce Trône ne peut être occupé que par un Prince Catholique-Romain. Tout le monde sçait que les Rois de Pruſſe profeſſent une autre Religion, à laquelle ils ſont fort attachés. Il n'y a pas apparence qu'ils y renoncent jamais, pour ſe rendre aptes à monter ſur le Trône de l'Empire. D'ailleurs, le ſuccès qu'ils attendroient de cette éclatante démarche ſeroit très-incertain , puiſque voilà le Sceptre Imperial héréditaire aux Femmes de la Maiſon d'Autriche. Sans doute que quand la Branche qui commence à renaître viendroit à s'éteindre , les Maiſons de Saxe & de Baviere auroient toujours la préférence ſur toute autre , comme tenantes à la Maiſon d'Autriche par les Femmes ; en ſorte qu'il faudroit l'extinction totale de ces trois Maiſons , pour que celle de Pruſſe (même devenuë Catholique) pût prétendre à gouverner l'Empire.

La Maiſon Palatine n'eſt point excluë du Trône par la Religion , mais elle n'eſt pas aſſez puiſſante. C'eſt , dit-on , un grand malheur pour elle ; car elle auroit eu bonne part aux ſuffrages à la derniere Election. Que ce prétexte eſt bien imaginé ! Mais je déſirerois bien que ceux des Electeurs qui raiſonnent ainſi , euſſent la

complaifance de faire des recherches fur
ce qu'étoient les Comtes d'Hapſbourg ,
lorſqu'un d'eux parvint à l'Empire , ou
fans remonter ſi haut , qu'ils vouluſſent
bien faire , fans préjugé, l'Inventaire des
biens que poſſéde le Grand Duc par lui-
même , & les comparer à ceux de la Maiſon Palatine. D'ailleurs , à bien confidérer les intérêts de l'Empire, il a ſemblé
long-tems à tout le monde , qu'ils deman-
doient qu'on élevât la Maiſon Palatine à
la fuprême dignité , parce que ſes poſſeſ-
ſions étant pour la plûpart limitrophes de
la France, elles euſſent ſervi de barriere &
de boulevart à l'Empire.

Mais pourquoi raifonner plus long-
tems fur les intérêts du Corps Germanique ? Il eſt aſſez évident qu'on les a tota-
lement perdus de vuë dans l'Election qui
a été faite. Eh ! doit-on en être furpris ,
puiſque les Electeurs ont oublié juſqu'à
leur propre gloire ? En choifiſſant pour
Empereur le Grand Duc, qui n'eſt ni membre du Collège Electoral , ni même fuffifamment poſſeſſionné dans l'Empire, pour
pouvoir être regardé feulement comme
membre du Corps Germanique , ils ont
fait voir à tout l'Univers , combien le
Collége eſt mal compofé , puiſqu'aucun

H 2

d'entre eux n'a été trouvé digne d'être
mis à la tête des autres, & qu'ils ont été
obligés d'appeller un Etranger pour les
commander. Qu'il eût paru étrange que
les Romains fuſſent autrefois venu choiſir
un Empereur parmi les Gaulois! Qu'il
feroit encore plaiſant aujourd'hui que les
Vénitiens allaſſent chercher un Doge en
Allemagne, ou en tel autre Pays du monde que l'on voudra, hors des Etats de la
République!

Il ne feroit pas cependant impoſſible
de ſuppoſer une fort bonne intention aux
Electeurs. L'on ſçait que pour être Empereur, il faut être un peu Tyran. Il peut
ſe faire que chaque Electeur ait eu tant
d'horreur pour ce nom, qu'il a mieux aimé renoncer à la dignité dont il eſt inſé-
parable, & donner ſon ſuffrage aux reſtes
d'une Maiſon à qui la tyrannie même a
rendu un Sceptre héréditaire.

Cependant de quelque voile qu'on
couvre les Scénes qui viennent de ſe
joüer; de quelques bons motifs que le
plus grand nombre des Electeurs pare ſes
démarches, il n'en eſt pas moins vrai que
l'Election qu'ils viennent de faire, eſt
évidemment contraire aux Conſtitutions
de l'Empire, qu'elle ne s'accorde point
avec les véritables intérêts de l'Empire,

& qu'elle doit paroître aux yeux de tout l'Univers, honteuse pour eux-mêmes, par l'aveu qu'ils font en Corps, de leur incapacité à gouverner l'Empire.

Au reste, Monsieur, songez que c'est un Républicain qui vous écrit; & n'allez pas me faire un procès pour le mot de *Tyrannie*. Je ne l'applique qu'à ceux qui usurpent une autorité despotique sur un peuple légitimement libre. Prenez aussi toute ma Lettre pour les sentimens de quelques Particuliers. Notre République pensera peut-être tout autrement. Eh! pourquoi n'auroit-elle pas, comme le Corps Germanique, le privilége de penser, & d'agir quelquefois contre ses véritables intérêts?

Je suis, &c.

D'Amsterdam, ce 14 *Septembre* 1745.

¶ *EPITRE à Mademoiselle* ***.

Par M. D'ARNAUD, Auteur d'un Ecrit tout nouveau, intitulé : *Les Epoux malheureux , ou Histoire de M. & Madame de la Bedoyere.* Le succès de ce Livre qui enleve les suffrages du Public, me dispense d'en faire l'éloge.

QUE je t'adore , ô charmante **
Pour m'enchaîner , tu formes mille nœuds ;
Un seul suffit , un seul fera ma chaîne,
Pour la briser j'en suis trop amoureux.
Peux-tu penser qu'inconstant dans mes vœux
Je vole aux piés d'une autre souveraine.
Ah , ton esclave est cent fois plus heureux
Que tous ces Rois fiers d'une grandeur vaine ;
Ce rang si cher , ce nom si glorieux
Ne vaut-il pas ces noms imaginaires ,
Qui sous l'éclat de leurs dehors pompeux ,
Aux yeux d'un peuple ébloüi de chimeres ,
Cachent souvent d'illustres malheureux ?
Qu'ils regnent donc ces Rois , du haut du Trône ,
Qu'avec orguëil insultant aux humains
Ils soient chargés du poids de la couronne ;
Du monde entier qu'ils fixent les destins ,
Et que la foudre éclate dans leurs mains ,
Plus fortuné sans doute , je n'aspire

Qu'à mériter un regard de tes yeux,
Aftres brillans, les feuls où je veux lire,
Où mon amour puife de nouveaux feux !
Que de ton cœur j'obtienne enfin l'empire,
Et tu me rends le fouverain des Cieux.
Aimé de toi, je fuis plus que les Dieux !
Vous qui, frappés du charme de la gloire,
A ce fantôme immolant vos plaifirs,
Briguez l'honneur de vivre dans l'Hiftoire,
Suivez C o n t i qui vole à la victoire.
Dans le repos coulant mes doux loifirs,
A l'amour feul je borne mes défirs ;
Et quel autel du temple de mémoire
Egale un cœur qui reçoit mes foupirs.
Et vous qu'entraîne un plus groffier menfonge,
Du bel efprit difputez-vous les rangs,
Abandonnez pour les erreurs d'un fonge
Ce vrai bonheur que goûtent les Amans.
Que votre nom rétentiffe au Théâtre,
Par l'ignorance ou la brigue exalté ;
Charmez l'ennui d'un public hebêté.
De ces honneurs dont je fus idolâtre,
J'ai trop fenti la folle vanité.
Qu'un autre enfin vous porte fes offrandes.
Mufes, gardez ces lauriers, ces guirlandes,
Dont vous deviez me couronner un jour ;
Je m'affranchis du joug de votre empire,
Ou fi ma main reprend encor la lire,

Ce ne fera que pour chanter l'amour.
Oui, pour toi feule, ô ma belle Maitreffe ,
Je veux, fervir ce Dieu qui nous unit,
Il m'a donné fon ame , fa tendreffe ,
Son cœur enfin, tu n'as que fon efprit.
Apprends de moi cet art que l'on ignore ,
Cet art d'aimer, l'objet feul de mes vœux,
Art qui m'inftruit comme il faut qu'on t'adore,
Et que je fçais, fans en être aimé mieux ;
Par ta beauté tu charmes tous les yeux ,
Par ton amour tu plairas mieux encore.
Sans les grandeurs,fçachons nous rendre heureux,
Oublions donc , & la paix , & la guerre,
Les Dieux , les Rois, & les Cieux , & la Terre ,
Onblions tout , ne voyons que nous deux.
Ah , dans ton fein que n'ai-je fait éclore
Les premiers feux , & les premiers défirs ?
Que n'ai-je pu voir briller ton aurore ,
Et partager ces innocens plaifirs
Que la candeur rend plus charmans encore ?
Que n'ai-je été ce fortuné vainqueur ,
Qui le premier fit treffaillir ton cœur ;
T'apprît enfin à redouter fa vuë ,
Et fut pour toi cette caufe inconnuë ,
Dont naît foudain le trouble , la langueur ,
Cet embarras , cette tendre rougeur ,
Signes certains d'une flamme ingénuë ,
Que, loin d'éteindre, irrite la pudeur ?

Que n'ai-je ! . . . ô Dieux , ou mon ame s'égare !
Pour qui l'amour formoit-il tant d'appas ?
Je méritois un triomphe auffi rare ,
J'euffe expiré de plaifir dans tes bras ;
Un autre , ô Ciel ! a goûté les prémices ,
De ce bonheur qui n'étoit dû qu'à moi ;
En a-t'il bien favouré les délices ?
Et dans ton fein a-t'il joüi de toi ?
Ah , s'il fe peut , d'un paffé qui m'accable ,
Détruis en moi le fatal fouvenir ,
Et que rempli d'un préfent délectable
Je fois trompé jufque fur l'avenir !
Quoi , mon bonheur n'eft-il pas véritable ?
Ou n'eft-ce , hélas , qu'un rayon qui m'a lui ?
Si c'eft un fonge , ô Dieux ! qu'il foit durable ,
Ou que mes jours finiffent avec lui.

LETTRE DE CHAPELE,
à M. le Duc DE NEVERS.

SUR cette mer, d'ime au superlatif,
Voguer encor, m'imputerois à rage ;
Puis de ta nef, pour un si long voyage,
Suivre le cours, par trop tempestatif,
Besoin seroit d'avoir en patronage,
La grand serpente, avec les gens d'Alquif,
Qui porta jeune, & de son premier âge,
Le Damoisel, de la mer putatif.
Mais c'est ici comme ailleurs, grand dommage,
Qu'un si beau conte on répute apocrif.
Notre Pilote aussi devenu sage,
Pour à deux doigts s'être vu du naufrage,
Par à te suivre être trop attentif ;
Et bien recors qui en ce dernier voyage,
Prêt à virer, il vit son frêle esquif,
Dit que depuis que le rude abordage
De ton navire à double & triple étage,
L'a tant battu, dans ce dernier estrif,
Qu'il est sans voile, antenne, ni cordage,
Et dénué de tout conservatif.
Son métier veut, sans risquer davantage,
Que terre à terre, & le long du rivage,
Il fasse aller un bateau si chetif.

Et bien lui fied de tenir ce langage ;
Car à Toulon , ou fous le Château d'If,
Tous ports amis , & d'un très-bon ancrage,
Il fera mieux de prendre nouveau fuif,
Qu'un trop ardent & brufque iteratif,
En pleine mer à te fuivre l'engage.
Si-tôt pourtant , que pour fon équipage,
Il aura fait nouveau préparatif,
Cetui feroit , qu'en repos & qu'oifif,
Il attendit d'être mené captif,
Par tes vaiffeaux en fuperbe efclavage.
Non, non, bien loin d'être au combat rétif
Pour ta victoire, & devenu craintif
D'en avoir fait fi rude apprentiffage ,
Las de fe voir dans l'état deffenfif,
Par quelque exploit , noble & de haut parage,
Qui te fera d'un nouveau choc le gage ,
Jufque chez toi plus vigoureux & vif,
Te veux porter un cartel offenfif,
Comme autrefois fit ce grand perfonnage ,
Qui d'Hannibal voyant appréhenfif,
Le peuple & Rome être prefque au pillage,
Par un fublime & fier alternatif,
Porta la guerre aux portes de Carthage :
Tel donc bientôt avec gros r'habillage,
De ce qu'il croit le plus à fon ufage ,
Le plus de mife , & le plus portatif ,
D'aucun bureau , d'aucun port, ni péage ,
Sans redouter le plus rude tarif,

H 6

Fut-ce celui du vieux Cenfeur Ménage;
Ou bien du noble & docte Aréopage,
En pareil cas Juge indéclinatif,
Tu le verras vers toi tourner vifage.
Mais c'eft affez être occianivage;
Car moins il doit en Marchand lucratif,
Qu'à fon gain même en honteux affervage,
Qu'en voyageur ratiocinatif,
Que pouffe un autre, & plus digne motif,
Se gouverner, en fi long navigage,
N'infére pas de-là que moins actif,
Et moins en mots *d'if* & *d'âge* inventif,
Il ayt eu peur d'en être en arrérage:
Il en a fait riche accumulatif,
Et s'eft lefté de leur gros ralliage,
Plus qu'onc vaiffeau ne fut de cailloutage.
Tel que l'enfant de chez lui fugitif,
Pour Saint Michel voir en pélérinage,
Ne s'en revient chargé de coquillage;
Et pour montrer que cet affirmatif
Eft bien réel, & non comminatif,
Ni d'un Gafcon le fanfaron langage,
Mais le difcours d'un pilote effectif,
Viens par plaifir jufques à Tenerif:
Le vin croît bon dans fon heureux folage:
Deux ou trois coups en boiras à l'ombrage,
D'un couvert frais, fombre & récreatif,
De quelque aimable & verdoyant boccage,

Où du Serin de ces beaux lieux natif,
Toujours raisonne un musical ramage.
Là, cent vaisseaux faire leur radoubage
Vont, & d'agrès nouveau réparatif,
Qui dans la suite à propos les soulage;
Car du long cours c'est le fameux passage.
Veux tu, comme eux, mais plus expéditif,
Passant la ligne au point définitif,
Qui jour & nuit en douze heures partage,
Doubler le cap, nommé de bon présage,
Parce que là cessa d'être pensif,
Et se vit prêt d'avoir le pucelage
Du tour d'Afrique, à lui seul primitif,
Gama qui mit ses Princes hors de Page,
Et leur conquit si vaste possessif,
Dans l'Indostan & son archipelage ?
Veux-tu, laissant dans son chaud marécage,
Le sale Caffre, impudique, & lascif,
Qui de ses pieds se sert au larronnage,
Et son voisin le pauvre Pethyopage,
Qui son pays ne tient qu'en vassillage,
Du Prêtre Jean, Chrétien assez métif,
Voir l'érithrée, où se tient le Chérif,
Après avoir pris de lui quelque ôtage ?
Car tu sçais bien qu'on y brûle tout vif,
Quiconque n'a d'un rasoir ou canif
De son prépuce accourci le pélage.
Ah quel bonheur ! si dans un hermitage,

Nous trouvions là quelque révérend Mage
Affable, humain, & point rebarbatif,
Grand Cabalifte, & très-fpeculatif,
Sur-tout pratic, plus qu'onc ne fut Baïf,
De la Maffore & fon baragouinage,
Qui nous apprit comment le grand Roi Juif,
Faifoit des biens fi gros amoncelage ;
Qu'il doubla bien de David l'héritage,
Et loin d'en être indigne, ou deftructif,
Bâtit un Temple à fon douzain (1) lignage ;
Qu'il lui laiffa tout couvert d'or maffif.
Or te voilà dans l'heureux payfage,
Au Paradis terreftre relatif,
Où l'oifeau rare, & d'unique plumage,
Sur fon bucher de foi réproductif,
Se vient brûler dans l'épurant chauffage
D'encens, de myrrhe, & bois odoratif.
Veux-tu d'encens qu'on te mene au fourage,
Puis regagner Paris le gros Village ;
Il s'y vend cher, par qui n'eft apprentif
D'en fçavoir faire un flatteur étalage ?
Aime-tu mieux d'un cours confécutif,
Entrer au Golphe, où fein qui du Calif
Reçut les loix & lui rendit hommage,
Pour le préfent, paye au Sophi carrage,
Depuis Abbas, par ordre fucceffif.
Veux-tu, fans voir Ormus le maladif,

(1) *Les douze Tribus.*

Où de tous biens la terre eft en veuvage,
Gagner Surate , & fon port ou barrage ;
D'où repartant, de peur que fauvagif
Ne nous y trouve , & ne nous y faccage,
Dans le Bengale , en quelque heureux moüillage,
Comme en ces lieux l'air eft déficatif ,
Aller goûter le frais reftauratif ,
Du favoureux & tant vanté breuvage ,
Que du cocos , fans aucun expreffif ,
Tire le fimple & feul apéritif ?
Pour donc te rendre un dernier témoignage ,
Que chaque jour plus imaginatif ,
De l'Univers au vin le plus fauvage ,
Il peut aller par tout pénétratif ,
Notre pilote affeure encore , & gage
De te mener jufqu'où l'Antropophage
Eft tout contraire au Panïan penfif
Qui dans fa hutte , où fous l'épais feüillage ,
Le long du Gange entretient fon ménage ,
Et croit fon cours fi purificatif ,
Qu'il y nettoye en tout tems fon corfage ;
Et qui content d'herbes , & de laitage ,
De ce qui vit , ne fait fon neutritif ,
Et fimplement s'adonne au labourage ,
De Pithagore en tout imitatif ;
Au lieu que l'autre , afpre au fang & carnage ,
Sur chair humaine exerce brigandage ,
Et trop glouton , & trop vindicatif ,

Ose s'en faire un horrible appanage,
D'où comme il faut bientôt ployer bagage,
Et de s'enfuir n'être pas trop tardif.
Si tu m'as vu toujours plein de courage,
T'amener jusqu'en cette étrange plage,
Tu me vas voir sûr & mémoratif,
De ton retour, sans être en rien fautif,
Sçavoir virer le cap du Gange au Tage :
Car aussi-bien un prudent retrecif,
Veut qu'on finisse un si long badinage,
Qui deviendroit, sans un tel correctif,
De mots rimés un fade verbiage ;
Et seroit vrai dire au contemplatif,
Qui dans le port en repos se ménage,
Et s'attend bien que de cet excessif
Embarquement & sur *if*, & sur *âge*,
Je ne sçaurois me sauver qu'à la nâge,
Et sur la rive halletant & poussif,
De mon débris, par trop lamentatif,
En *Ex Voto*, faire une triste image.

E N V O I.

Nous te laissons, pour t'en venir, hâtif,
Et plus encor, chariage, attelage,
Devenu est du Prince l'optatif ;
Mais si tu crois vallable retentif,
Des dix & six le fameux assemblage,
Pour nous répondre on t'accorde message,

Et de cent mots le rimant fagotage:
Point n'avons cru , par total ablatif,
En devoir faire un si cruel ravage ,
Qu'il ne t'en reste assez gros collectif,
Pour en remplir encore mainte page.

REPONSE de M. le Duc de Nevers.

Votre bateau de frêne ou d'if ,
Favorisé des vents fait un fort bon sillage ;
Cinglant en haute mer , passe Gilbaratif ,
   Toujours dans un même arimage ,
Et vous menez par tout , Samson numeratif,
   La mapemonde en garoüage.
Vous osez m'envoyer un défi positif,
Vous prétendez sur moi remporter l'avantage ;
Voyons : je me propose un exploit décisif,
Arborant du combat le signe exhibitif,
   Je viens d'abord à l'arambage ,
   Le Dieu des carmes génitif,
   D'un rayon illuminatif
Perçant de votre erreur le ténébreux nuage ,
Fera voir que je suis son enfant adoptif,
Plus cheri que Ronsard , Desportes, ni Baïf ,
Et quoique vous pensiez par votre long griage ,
   M'accabler sous l'*if* & sous l'*âge* ,
   Je vais , d'un arc repercussif ,
   Tourner contre vous l'âge & l'if.

Pour vous battre donc en roüage,
Et renverfer votre efpoir abufif,
Poëte à verve ruffage,
Je lâche contre vous le Baron efcogrif,
Qui du monde fçavant a gagné le fuffrage :
Il brocarde vos Vers, les nomme un Logogrif,
Un harmonieux reffaffage,
Dont le fond n'eft point net, ni le ftyle naïf,
Et femble de Baudran un diffus compilage.
Le Baron s'en prend même au Duc Suppuratif,
Il raille de fon tein & de fon feu volage,
Il dit qu'il a befoin d'un bon difficatif,
De la falutaire curage,
Et peut-être auffi d'argent vif;
Il voudroit ravager Anet & fon finage,
Le Seigneur, le Curé, le Fifcal, le Baillif,
Les Habitans, & tout le voifinage.
Tant de ce fier Baron le cœur trop fenfitif,
Du copronime encore eft percé jufqu'au vif,
Lui qui toujours à fon corfage,
A reçu beau pour adjectif,
Limpide & net comme un galactofage;
Dont le foufle confortatif,
Eft de l'ambre & du mufc le parfait alliage.
Cependant nous buvons du vin de l'Hermitage,
Des chagrins de la vie excellent lénitif;
Nous créons des feftins le Monarque électif,
Nous nous chatoüillons l'éfophage;

Par le jambon appétitif

Dans ces derniers jours de charnage,

Où chacun de gibier fait une rude strage,

Malgré le Commissaire âpre & repréhensif :

Jusqu'au Vendredi même il est maint créosage.

Après les grands repas cherchant un digestif,

A la Foire on va voir d'un œil admiratif,

 Le buveur d'eau, le pirosage,

 Le Funambul, le phiosage ;

Mais pour vous qui n'avez, Messieurs, pour tout

   potage,

Pendant ce Carnaval, que votre pompeux Zif,

Y prenez-vous au moins quelque plaisir furtif,

 Tenez-vous la Bergere en cage ?

 Y connoît-on le cocuage ?

Y peut-on, comme ailleurs, au lieu de mariage,

 Faire un charmant copulatif,

 Dans un clandestin badinage ?

Malgré vos dents, je croi vous tranchez là du

   anif.

Je vous plains ; car enfin le plus beau paysage,

 Le plus aimable jardinage,

Quand l'hiver engourdit l'esprit végétatif ;

 Quand il n'est ni fleurs, ni feüillage,

 Quand on n'entend point sous le fage,

Les fredons langoureux du rossignol plaintif ;

 Les pastres & le pasturage,

 Et les troupeaux & le pascage,

Ont un air bien défolatif ;

Et pour moi je les envifage ,

Comme le tourment de Sizif.

Quittez-les donc, ne cherchez plus d'ambage ;

Ne me renvoyez plus de Pilate à Caïf,

    Si pareffeux méditatif ,

Vous êtes confiné dans votre obfcur Bailliage ,

    Je vous aime autant en Errif ,

    Où dans les monts du Roi Pélage .

Vous m'entraînez toujours par un charme at-

      tractif ,

Votre abfence me donne un ennui correctif.

Quand pourrai-je avec vous ferrer le compe-

      rage ,

    Par un renoument amplexif,

    Et faire un vrai rapatriage,

    Entre la poire & le fromage ,

Donnant à notre joye un cours dilatatif ?

Joüiffons du préfent , c'eft le commun adage ;

    Car le tems exterminatif

    Met en éternel amarage ,

Notre frêle vaiffeau , trop vainement fuitif,

    Et par un fier difpofitif ,

Malgré tout élixir , dictamne ou faxifrage ,

Qui ne fçauroient parer fon coup diffolutif,

    Du monde il faut qu'on déménage.

    Profitons donc de ce dogme inftructif,

Joüiffons du préfent , c'eft le commun adage ;

Vous recevrez par le Page, (1)
 Qui d'ime & d'ors fut le datif,
Cette Epitre au plus haut guindage ,
 Dans un style figuratif ;
 Je souhaite qu'un bon eubage ,
 En puisse être interpretatif.
Adieu , je n'en puis plus , fatigué , sémivif ,
L'œil interne a perdu tout atome visif.
Voilà de mon esprit le dernier pressurage ,
Je suis bien plus à vous que de Luc au Pontif,
 Moi , le jadis Gouverneur de Broüage.

(1) *M. de Nevers , par le même Page qui portoit cette Lettre , en envoyoit une autre , où les rimes en* ors *&* en imes *étoient employées.*

¶ *Plaisanterie.*

A Bourges on excommunie
L'Auteur de Philotanus.
 Un Curé dit , mort de ma vie,
 J'en appelle comme d'abus.
Mais le Pape deffend d'appeller au Concile.
J'en appellerai donc aux armes de la Ville.

¶ REQUESTE d'un Garde du Corps, à M. le Maréchal DE NOAILLES.

Ce Garde du Corps avoit été condamné à garder la prison, faute de payement d'une somme de 2000 livres, à laquelle il avoit été condamné, pour avoir débauché la fille d'un Bourgeois.

JE suis né d'une contrée,
Où les infortunés cadets,
Munis de la cape & l'Epée,
S'embarquent avec leurs bidets :
Nous trouvons la gloire si belle,
Que nous sacrifions pour Elle,
Nos prés, nos vignes, & nos champs ;
Mais pour des Divinités folles
Sacrifier deux cent pistoles,
C'est trop cher de deux mille francs.
Issu d'un sang fort œconome,
Je ne puis en si peu de tems
Compter une si grosse somme.
Quoi ! Monseigneur, deux mille francs,
Un Garde du Corps de Gascogne
Pour une pareille besogne !
A quoi donc taxer les Exempts,
Les Majors, les Chefs de Brigades ?

Et ſi l'on monte aux plus hauts Grades ;
Les frais ſeront exorbitans.
Le fait mérite qu'on y penſe ,
Il eſt en tout point important ;
Tout ce qui tire à conſéquence
Veut être peſé murement.
Pour vos ordres rempli de zéle ,
C'eſt faute d'argent que j'appelle
De vos premiers arrangemens.
Que ne dépend-t'il de Bellonne ,
Que le Pactole & la Garonne
Soient des fleuves moins differens?

§ VOEU de Conſtance.

JE n'entends prêcher que Conſtance ;
Chacun veut m'en faire un devoir :
Mais peut-être , ſans le ſçavoir ,
J'ai ce don de perſévérance.

※⟨⟩※

Hier Philis eut mes amours ,
Aujourd'hui j'adore Liſette ,
Demain j'aimerai Timarette.
A ce compte j'aime toujours.

※⟨⟩※

Quoi, je contente & mon envie ,
Et la plus rare des vertus !
Je te jure , fils de Venus ,
D'être conſtant toute ma vie.

※⟨⟩※

¶ *LE CAPRICE ET L'AMOUR.*

FICTION MORALE.

UN Croniqueur dit, que jadis les Belles
N'étoient qu'orgueil, que mépris, que rigueurs ;
Or maintenant plus douces font les mœurs.
Lors il falloit des ardeurs éternelles,
Pour les toucher : toutes étoient cruelles,
Si qu'une Iris n'auroit à son Amant
Ofé donner un baifer feulement,
Sans un Arrêt de la cour de Cythere.
Voyez combien Amour avoit d'affaire !
Qu'arriva-t'il ? droit au Ciel il vola :
Pere des Dieux, tenez, dit-il, voilà
Mon arc, mes traits ; trop rude eft l'exercice ;
Je ne puis feul les humains gouverner.
A ce propos Jupin de lui donner
Un Lieutenant : qui fût-ce ? le Caprice :
Dont bien nous prit : le Sexe dès ce jour
Perdit fierté, fcrupule, humeur févére.
Il n'eft Amant fi peu digne de plaire,
Qui n'ait pour lui le Caprice ou l'Amour.

www.ingramcontent.com/pod-product-compliance
Lightning Source LLC
Chambersburg PA
CBHW070848030726
47504CB00005B/1259